U0936029

北京青年合唱团合唱作品集

十五周年纪念版

邢珊珊 主编

中国文联出版社

图书在版编目（CIP）数据

青春之歌 ：北京青年合唱团合唱作品集 / 邢珊珊主编. -- 北京 : 中国文联出版社，2024. 8. -- ISBN 978-7-5190-5590-5

Ⅰ. I247.5

中国国家版本馆 CIP 数据核字第 2024S64J04 号

主　　编　邢珊珊
责任编辑　吕　欣　程　语
责任校对　汤　漪　郎　爽　周俊延
封面设计　刘晓宇

出版发行　中国文联出版社有限公司
社　　址　北京市朝阳区农展馆南里 10 号　　邮编　100125
电　　话　010-85923025（发行部）　010-85923091（总编室）
经　　销　全国新华书店等
印　　刷　三河市龙大印装有限公司

开　　本　880 毫米 ×1230 毫米　1/16
印　　张　17.25
字　　数　245 千字
版　　次　2024 年 8 月第 1 版第 1 次印刷
定　　价　78.00 元

青春之歌
田青

主编的话

时光荏苒，一转眼15年过去了，刚成立北京青年合唱团的时候，我还是一个初出茅庐的小青年，怀揣着梦想和热情，开始了和北青团的漫漫旅途。

我从小热爱音乐，幸运的是父母对我的爱好给予了不遗余力的支持，11年的专业音乐学习经历，让我在钢琴演奏、声乐演唱、和声曲式、合唱指挥等方面接受了全面系统的学习。2004年研究生毕业后，我作为一名群众文艺工作者，利用自己的专业知识辅导了众多的合唱团，从国家部委、科研院所到基层单位、社区村镇，从高级将领首长、知识分子到工人农民、普通百姓，在大量的社会实践中积累了丰富的经验。2009年，我发起创建了北京青年合唱团并担任艺术总监和常任指挥，合唱团利用业余时间排练，以热爱为基点，探索合唱多种可能性和艺术表现力，传递真善美。多年来，北青团扎实、热情、多样又具创造力的表演获得了业内人士和主流媒体的高度赞扬。2013年，我开始带领合唱团走出国门，用歌声传播中国优秀文化，足迹遍及美国、奥地利、匈牙利、法国、加拿大、意大利、马来西亚、新西兰等国家。2017年，我作为国家公派访问学者赴美国留学深造。一路走来，得到了国内外众多指挥家、作曲家、歌唱家的帮助和关爱。

北京青年合唱团的成立给走出校园的学生、企事业单位的员工、艰辛打拼的创业者、留学报国的海归、有音乐理想的追梦者等热爱合唱的青年搭建一个交流、体验、成长、展示的平台。15年的追梦，我们从排演他人作品到实现自我创作，从不稳定的二三十人到百人以上的超大阵容；15年的探索，我们逐渐形成自己特有的作品表达方式和演唱风格，从默默无闻发展成为国内外皆知的优秀青年合唱团体；15年的积累，我们体悟到“彼此成就和成就彼此”的人生哲理，感受到“永葆青春之心”的可贵。

这本乐谱共收录了我和我的团队创作、改编的30首流行合唱作品，选曲突出流行与经典、传统与时尚的碰撞与交融，每一首作品都是记忆和往事的见证，是一部有情怀、有创新、实用又多元的合唱作品集，这些耳熟能详的作品让越来越多的青年爱上了合唱，享受“和合之美”，也使合唱艺术更为广泛地走进了当代年轻人的视野。

特别感谢著名音乐学家田青先生为本书题名，让我们更加有动力和信心将合唱事业进行下去。

我们的故事还将继续……

2024 年 3 月 23 日

目 录

春暖花开

（混声合唱）

梁 芒 作 词
洪 兵 作 曲
邢珊珊 改编合唱

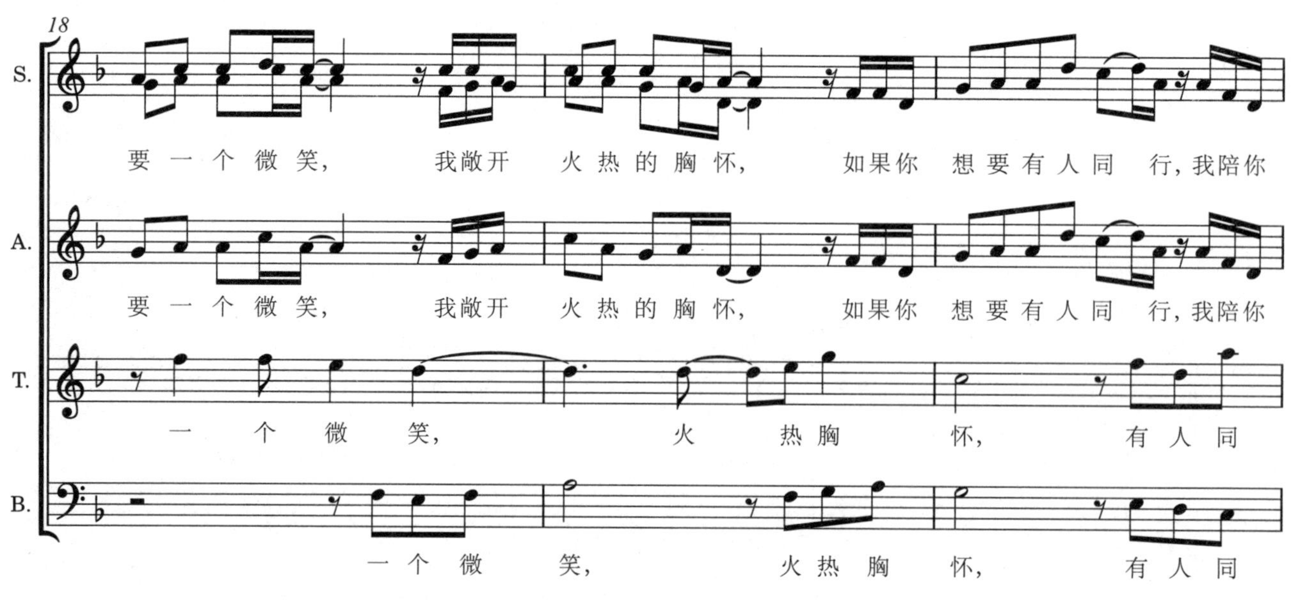
18
S.
要一个微笑， 我敞开 火热的胸怀， 如果你 想要有人同 行，我陪你
A.
要一个微笑， 我敞开 火热的胸怀， 如果你 想要有人同 行，我陪你
T.
一个微笑， 火热胸怀， 有人同
B.
一个微笑， 火热胸怀， 有人同

21
B
S.
走到未来。 春暖 花开， 这是我的 世界， 每次
A.
走到未来。 春暖 花开， 这是我的 世界， 每次
T.
行， 走到未来。 春暖 春暖花开， 我的世界，
B.
行， 走到未来。 春暖 春暖花开春暖花开， 春暖花开春暖花开，

25
S.
怒放 都是心中 喷发的爱， 风儿 吹来， 是我和
A.
怒放 都是心中 喷发的爱， 风儿 吹来， 是我和
T.
每次怒放， 喷发的爱。 吹来，
B.
春暖花开春暖花开， 春暖花开花开风儿 吹来， 是我和

28
S.
天空的对白，其实幸福一直与我们同在。
A.
天空的对白，其实幸福一直与我们同在。
T.
啊 啊
B.
天空， 啊 啊
33
C
S.
啊
如果你要一个微笑，我敞开火热的胸怀，如果你
A.
如果你要一个微笑，我敞开火热的胸怀，如果你
T.
啊 啊 啊
B.
啊 啊 如果你要一个微笑，我敞开火热的胸怀，如果你
38
D
S.
cresc.
f
想要有人同行，我陪你走到未来。春暖春暖春暖春暖花开，这是我的
A.
cresc.
f
想要有人同行，我陪你走到未来。春暖春暖春暖春暖花开，这是我的
T.
cresc.
春暖春暖春暖春暖春暖花开，
B.
cresc.
想要有人同行，我陪你走到未来。春暖春暖春暖春暖春暖花开春暖花开，

43
S.
世 界，每 次 怒 放 都是心 中 喷 发 的 爱，风 儿
A.
世 界，每 次 怒 放，都是心 中 喷 发 的 爱，风 儿
T.
我 的 世 界，每 次 怒 放，喷 发 的 爱。
B.
春暖花 开 春 暖花 开，春暖花 开 春 暖花 开，春暖花 开 花 开风 儿

46
S.
吹 来，是我和 天 空 的对 白，其实 幸 福 一直与 我 们 同 在，其实
A.
吹 来，是我和 天 空 的对白，其实 幸 福 一直与 我 们 同 在，其实
T.
吹 来，幸 福 同 在
B.
吹 来，是我和 天 空，幸 福 同 在

51
rit.
S.
幸 福 一直与 我 们 同 在。春暖 花开。
A.
幸 福 一直与 我 们 同 在。春暖 花开。
T.
幸 福 同 在。我的世界 春暖 花开。
B.
幸 福 同 在。我的世界 春暖 花开。

奔跑的青春

（混声合唱）

明　天　作　　词
陈雪燃　作　　曲
邢珊珊　改编合唱

19
S.
啦 啦 啦 啦啦 啦啦啦啦啦啦 啦 啦 啦 啦啦 啦啦啦啦啦啦
A.
啦啦啦啦啦啦 啦 啦 啦 啦啦 啦啦啦啦啦啦 啦 啦 啦 啦啦 啦啦啦啦啦啦
T.
啦 啦 啦 啦啦 啦啦啦啦啦啦 啦 啦 啦 啦啦 啦啦啦啦啦啦
B.
啦啦啦啦啦啦 啦 啦 啦 啦啦 啦啦啦啦啦啦 啦 啦 啦 啦啦 啦啦啦啦啦啦

24
S.
啦 啦 啦啦啦啦 有多少无眠 的日夜 有多少不息 的季节， 极速青
A.
啦 啦 啦啦啦啦 呜 呜 呜 呜 极速青
T.
啦 啦 啦啦啦啦 有多少无眠 的日夜 有多少不息 的季节， 极速青
B.
啦 啦 啦啦啊啦 呜 呜 呜 呜 极速青

31
S.
春里每一 分 一 秒都不 想 停 歇，
A.
春里每一 分 一 秒都不 想 停 歇，
T.
春里每一 分 一 秒都不 想 停 不 想 停 歇，有多少奋斗 的 狂 野，
B.
春里每一 分 一 秒都不 想 停 不 想 停 歇，有多少奋斗 的 狂 野，

36
S.
啊……
A.
啊……
T.
有多少沸腾 的热血， 看成长 故事里的一 张 一 页都是 崭新每一
B.
有多少沸腾 的热血， 看成长 故事里的一 张 一 页都是 崭新每一

42
S.
崭新每一 天。 不一样的 青春 一样 精彩， 它会 到来 也会 离开， 保持最
A.
崭新每一 天。 不一样的 青春 一样 精彩， 它会 到来 也会 离开， 保持最
T.
天。 不一样的 青春 一样 精彩， 它会 到来 也会 离开， 保持最
B.
天。 不一样的 青春 一样 精彩， 它会 到来 也会 离开， 保持最

49
S.
佳状态， 炙热的心 滚 烫 起 来。 不一样的 舞台 一样 精彩， 逆风
A.
佳状态， 炙热的心 滚 烫 起 来。 不一样的 舞台 一样 精彩， 逆风
T.
佳状态， 炙热的心 滚 烫 起 来。 不一样的 舞台 一样 精彩， 逆风
B.
佳状态， 炙热的心 滚 烫 起 来。 不一样的 舞台 一样 精彩， 逆风

55
1.
S.
同行 穿越 星海， 别再一个 人 独 自 奔 跑， 不一 样 的 笑 容一 样 可 爱。
A.
同行 穿越 星海， 别再一个 人 独 自 奔 跑， 不一 样 的 笑 容一 样 可 爱。
T.
同行 穿越 星海， 别再一个 人 独 自 奔 跑， 不一 样 的 笑 容一 样 可 爱。
B.
同行 穿越 星海， 别再一个 人 独 自 奔 跑， 不一 样 的 笑 容一 样 可 爱。

62
2.
S.
爱。 不一样的 青春 一样 精彩， 它会 到来 也会 离开， 保持最 佳状态，
A.
不一样的 青春 一样 精彩， 它会 到来 也会 离开， 保持最 佳状态，
T.
爱。 不一样的 青春 一样 精彩， 它会 到来 也会 离开， 保持最 佳状态，
B.
不一样的 青春 一样 精彩， 它会 到来 也会 离开， 保持最 佳状态，

68
S.
炙热的 心 滚 烫 起 来。 不一样的 舞台 一样 精彩， 逆风 同行 穿越 星海，
A.
炙热的 心 滚 烫 起 来。 不一样的 舞台 一样 精彩， 逆风 同行 穿越 星海，
T.
炙热的 心 滚 烫 起 来。 不一样的 舞台 一样 精彩， 逆风 同行 穿越 星海，
B.
炙热的 心 滚 烫 起 来。 不一样的 舞台 一样 精彩， 逆风 同行 穿越 星海，

74
S.
别再一个 人 独 自 奔 跑， 不 一 样 的 笑 容一 样 可 爱。
A.
别再一个 人 独 自 奔 跑， 不 一 样 的 笑 容一 样 可 啦啦 啦 啦 啦啦
T.
别再一个 人 独 自 奔 跑， 不 一 样 的 笑 容一 样 可 爱。
B.
别再一个 人 独 自 奔 跑， 不 一 样 的 笑 容一 样 可 啦 啦 啦 啦啦

80
S.
啦 啦 啦 啦啦 啦啦啦啦啦啦 啦 啦 啦 啦啦 啦啦啦啦啦啦
A.
啦啦啦啦啦啦 啦 啦 啦 啦啦 啦啦啦啦啦啦 啦 啦 啦 啦啦 啦啦啦啦啦啦
T.
啦 啦 啦 啦啦 啦啦啦啦啦啦 啦 啦 啦 啦啦 啦啦啦啦啦啦
B.
啦啦啦啦啦啦 啦 啦 啦 啦啦 啦啦啦啦啦啦 啦 啦 啦 啦啦 啦啦啦啦啦啦

85
S.
啦 啦 啦 啦 啦 啦 啦 啦 啦 啦 啦 啦 啦 啦 啦 啦 啦
A.
啦 啦 啦 啦 啦 啦 啦 啦 啦 啦 啦 啦 啦 啦 啦 啦 啦
T.
啦 啦 啦 啦 啦 啦 啦 啦 啦 啦 啦 啦 啦 啦 啦 啦 啦
B.
啦 啦 .啦 啦 啦 啦 啦 啦 啦 啦 啦 啦 啦 啦 啦 啦 啦

带你去旅行

（混声合唱）

朱　贺　词　　曲
邢珊珊　改编合唱

12
S.
啊
A.
du ba la du ba la du ba la du ba la du ba la du ba la du ba la du ba la
T.
啊
B.
du ba la du ba la du ba la du ba la du ba la du ba la du ba la du ba la

16
S.
啊
今天妆特别令人着迷，
出门前换上新的心情。
A.
du ba la du ba la
今天妆特别令人着迷，
出门前换上新的心情。
T.
啊
du du lu du du lu
oh 我说 ba-by
du du lu du du lu
B.
du ba la du ba la
du du lu du du lu
oh 我说 ba-by
du du lu du du lu

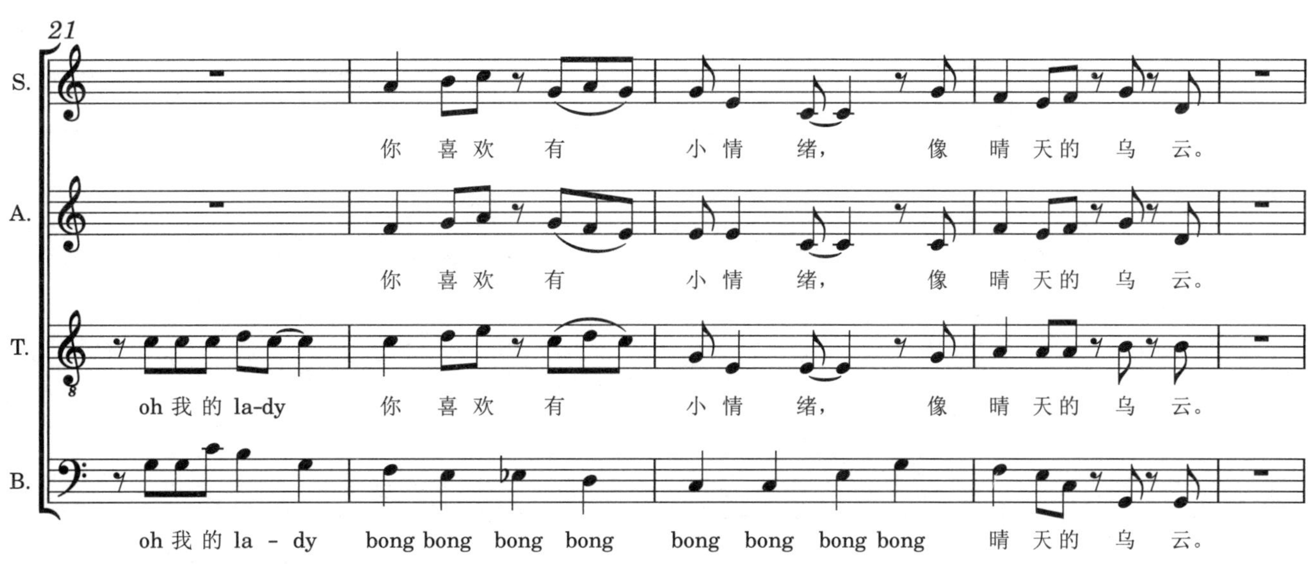
21
S.
你喜欢有小情绪，像晴天的乌云。
A.
你喜欢有小情绪，像晴天的乌云。
T.
oh 我的 la-dy
你喜欢有小情绪，像晴天的乌云。
B.
oh 我的 la - dy
bong bong bong bong bong bong bong bong
晴天的乌云。

26
S.
啊 好 奇 像 秘 密。
A.
啊 好 奇 像 秘 密。
T.
头 发 长 见识短 的 惊 奇， 表 情 丰富令 人 着 迷。 你 的 一 切 我 都 好 奇 像秘 密。 安
B.
头 发 长 见识短 的 惊 奇， 表 情 丰富令 人 着 迷。 你 的 一 切 我 都 好 奇 像秘 密。 安

30
S.
带 我 去旅 行， 穿 过 风和 雨。我 想 要 带 你 去 浪 漫 的 土 耳
A.
带 我 去旅 行， 穿 过 风和 雨。我 想 要 带 你 去 浪 漫 的 土 耳
T.
全 带系 好 带 你 去 旅 行， 穿 过风 和 雨。 我 想 要 带 你 去 浪 漫 的 土 耳
B.
全 带系 好 带 你 去 旅 行， 穿 过风 和 雨。 我 想 要 带 你 去 浪 漫 的 土 耳

35
S.
其， 然 后 一 起 去 东 京 和 巴 黎。 其 实 我 特 别 喜 欢
A.
其，我 想 要 带 你 去 浪 漫 的 土 耳 其， 然 后 一 起 特 别 喜 欢
T.
其， 然 后 一 起 去 东 京 和 巴 黎。 其 实 我 特 别 喜 欢
B.
其，我 想 要 带 你 去 浪 漫 的 土 耳 其， 然 后 一 起 la la la la la la

39
S.
迈 阿 密 和 有 黑 人 的 洛 杉 矶。 其 实 亲 爱 的 你 不 必 太 过 惊
A.
迈 阿 密 和 有 黑 人 的 洛 杉 矶。 带 我 去 旅 行 la la la la la
T.
迈 阿 密 和 有 黑 人 的 洛 杉 矶。 其 实 亲 爱 的 你 不 必 太 过 惊
B.
la la la la la la la la la la la la 带 我 去 旅 行 la la la la la

43
S.
奇， 一 起 去 繁 华 的 上 海 和 北 京， 还 有 云 南 的 大 理 保
A.
太 过 惊 奇 la la la la la la la la la la la la la la la
T.
奇， 一 起 去 繁 华 的 上 海 和 北 京， 还 有 云 南 的 大 理 保
B.
太 过 惊 奇 la la la la la la la la la la la la la la la

47
S.
留 着 回 忆， 这 样 才 有 意 义。 啊……
A.
la la la la la la la la la la la la la la 啊……
T.
留 着 回 忆， 这 样 才 有 意 义。 啊……
B.
la la la la la la la la la la la la la la 啊……

51
S.
A.
T.
B.
啊……
啊……
啊……
啊……

56
S.
A.
T.
B.
啊
啊
头 发 长 见 识 短 的 惊 奇，
头 发 长 见 识 短 的 惊 奇，

60
S.
A.
T.
B.
好 奇 像 秘 密。 带 我
好 奇 像 秘 密。 带 我
表 情 丰 富 令 人 着 迷， 你 的 一 切 我 都 好 奇 像 秘 密， 安 全 带 系 好 带
表 情 丰 富 令 人 着 迷， 你 的 一 切 我 都 好 奇 像 秘 密， 安 全 带 系 好 带

64
S.
去 旅 行 穿 过 风 和 雨。我 想 要 带 你 去 浪 漫 的 土 耳
A.
去 旅 行 穿 过 风 和 雨。我 想 要 带 你 去 浪 漫 的 土 耳
T.
你 去 旅 行。穿 过 风 和 雨 我 想 要 带 你 去 浪 漫 的 土 耳
B.
你 去 旅 行。穿 过 风 和 雨 我 想 要 带 你 去 浪 漫 的 土 耳

68
S.
其， 然 后 一 起 去 东 京 和 巴 黎。 其 实 我 特 别 喜 欢
A.
其，我 想 要 带 你 去 浪 漫 的 土 耳 其， 然 后 一 起 特 别 喜 欢
T.
其， 然 后 一 起 去 东 京 和 巴 黎。 其 实 我 特 别 喜 欢
B.
其，我 想 要 带 你 去 浪 漫 的 土 耳 其， 然 后 一 起 la la la la la la

72
S.
迈 阿 密 和 有 黑 人 的 洛 杉 矶。 我 想 要 和 你 去 浪 漫 的 土 耳
A.
迈 阿 密 和 有 黑 人 的 洛 杉 矶。带 我 去 旅 行 la la la la la
T.
迈 阿 密 和 有 黑 人 的 洛 杉 矶。 我 想 要 和 你 去 浪 漫 的 土 耳
B.
la la la la la la la la la la la la 带 我 去 旅 行 la la la la la

76
S.
其， 然后一 起 去上海和北 京， 还有云 南 的大 理。保 留 着回 忆 这
A.
la la la la la la la la la la la la la la la la la la la la la la la la la
T.
其， 然后一 起 去上海和北 京， 还有云 南 的大 理。保 留 着回 忆 这
B.
la la la la la la la la la la la la la la la la la la la la la la la la la

81
S.
样 才有 意 义， 这 样 才有 意 义， 这
A.
la la la la la la la la la la la la la la la la la la la la
T.
样 才有 意 义， 这 样 才有 意 义， 这
B.
la la la la la la la la la la la la la la la la la la la la

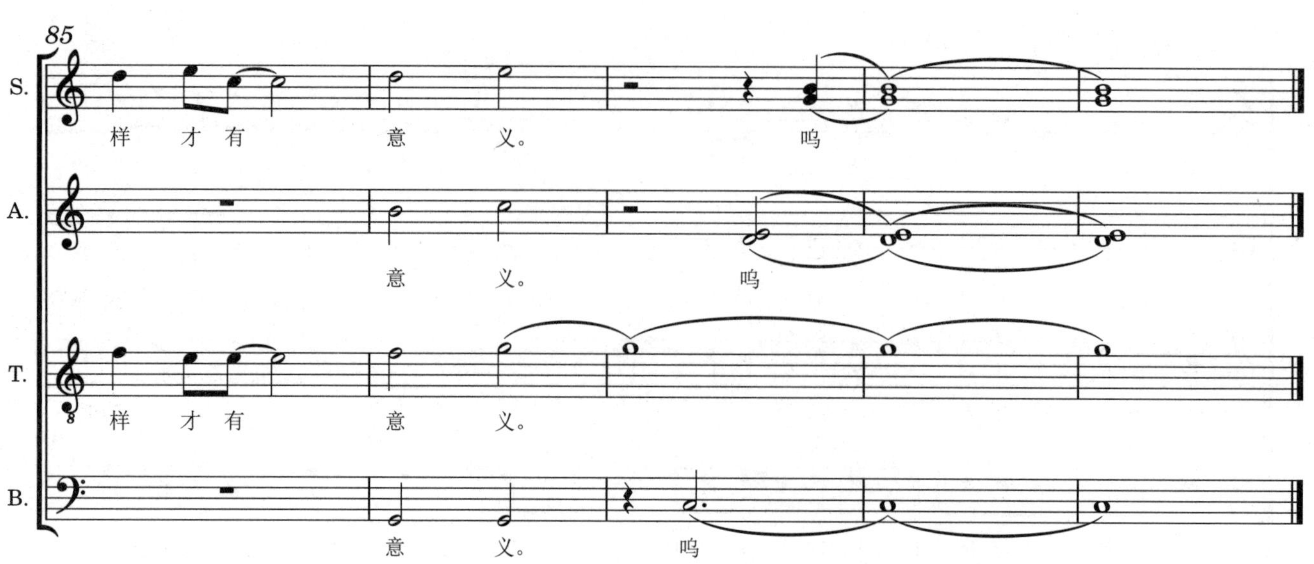
85
S.
样 才有 意 义。 呜
A.
意 义。 呜
T.
样 才有 意 义。
B.
意 义。 呜

爱的奉献

（混声合唱）

翁炳荣 作 词
佚 名 作 曲
邢珊珊 改编合唱

10
1.
S.
是 Love，爱是 人 类 最 美 丽 的语 言，爱
A.
是 Love，爱是 人 类 最 美 丽 的语 言，爱
T.
是 Love，呜 呜 呜 爱
B.
是 Love，爱是 人 类 最 呜 呜 爱
Pno.

14
2.
S.
美 丽 的语 言，言 爱 是 正 大 无 私的奉 献。
A.
美 丽 的语 言，言 爱 是 正 大 无 私的奉 献。
T.
呜 呜......
B.
呜 呜......
Pno.

19
mf
S.
我们都在爱心中孕育生长，再
A.
我们都在爱心中孕育生长，再
T.
B.
Pno.
24
S.
把爱的芬芳撒播到我四方。
A.
把爱的芬芳撒播到我四方。
T.
我们要在
B.
我们要在
Pno.

29
S.
大 声 的 歌 唱 幸
A.
大 声 的 歌 唱
T.
爱 心 中 大 声 的 歌 唱， 再 把 爱 的 幸 福
B.
爱 心 中 大 声 的 歌 唱， 再 把 爱 的 幸 福
Pno.

34
S.
福 爱 会 带 给 你 无 限
A.
带 进 每 个 人 的 身 上。 爱 会 带 给 你 无 限
T.
带 进 每 个 人 的 身 上。 啊
B.
带 进 每 个 人 的 身 上。 爱 会 带 给 你 无 限
Pno.

39
S.
温 暖，也 会 带 给 你 快 乐 和 健 康。爱
A.
温 暖，也 会 带 给 你 快 乐 和 健 康。爱
T.
带 给 你 快 乐 和 健 康 和 健 康。爱
B.
温 暖，也 会 带 给 你 快 乐 和 健 康 和 健 康。爱
Pno.
45
f
S.
是 Love，爱 是 A - mour，爱 是 Rarc，爱 是 爱 心，爱
A.
是 Love，爱 是 A - mour，爱 是 Rarc，爱 是 爱 心，爱
T.
是 Love，爱 是 Rarc，爱
B.
是 Love，爱 是 A - mour，爱 是 Rarc，爱 是 爱 心，爱
Pno.

49
S.
是 Love， 爱是 人 类 最 美 丽 的语 言， 爱
A.
是 Love， 爱是 人 类 最 美 丽 的语 言， 爱
T.
是 Love， 呜 呜 呜
B.
是 Love， 爱是 人 类 最 呜 呜
Pno.

53
rit.
S.
是 正 大 无 私 的 奉 献， 爱
A.
是 正 大 无 私 的 奉 献， 爱
T.
呜 呜...... 爱
B.
呜 呜...... 爱
Pno.

57
S.
A.
T.
B.
Pno.
是 正 大 无 私 的 奉 献。
是 正 大 无 私 的 奉 献。
是 正 大 无 私 的 奉 献。
是 正 大 无 私 的 奉 献。

海 恋

（混声合唱）

陈 勇 词 曲
邢珊珊 改编合唱

10
S.
美丽的梦 像 大 海， 闪动的星光 像 情 怀， 你
A.
恩 恩 恩 恩
T.
大 海 情 怀
B.
恩 恩 恩 恩
Pno.

14
S.
是否感到 我 的 期待， 就像浪花 依恋 着 海。
A.
恩 恩 恩 恩
T.
啊 感 到 我 的期 待， 恩
B.
恩 恩 恩 啊
Pno.

18
S.
A.
T.
B.
Pno.
啊 啊 啊 啊 啊 恩 啊 啊……
恩 恩 恩 恩
美丽 的梦 像 大 海， 闪动 的星 光 像 情 怀， 你
美丽 的梦 像 大 海， 闪动 的星 光 像 情 怀， 你
22
S.
A.
T.
B.
Pno.
恩 恩 恩 啊
是否 感到 我 的 期待， 多想 给 你 我最 真 的 依 赖。
是否 感到 我 的 期待， 啊 啊

26
S.
我把 思 念 变 成 潮 水, 再 把
A.
啊 啦 啦 啦啦啦啦 啦啦啦啦 啦 啦 啦啦啦啦 啦啦啦啦
T.
我把 思 念 变 成 潮 水, 再 把
B.
啊 啦 啦 啦啦啦啦 啦啦啦啦 啦 啦 啦啦啦啦 啦啦啦啦
Pno.
29
S.
泪 水 融 入 大 海, 哦
A.
啦 啦 啦啦啦啦 啦啦啦啦 啦 啦 啦啦啦啦 啦啦啦啦
T.
泪 水 融 入 大 海 哦
B.
啦 啦 啦啦啦啦 啦啦啦啦 啦 啦 啦啦啦啦 啦啦啦啦
Pno.

31
S.
海 市 蜃 楼 的 梦 幻， 无 法 替
A.
啦 啦 啦啦啦啦 啦啦啦啦 啦 啦 啦啦啦啦 无 法 替
T.
海 市 蜃 楼 的 梦 幻， 无 法 替
B.
啦 啦 啦啦啦啦 啦啦啦啦 啦 啦 啦啦啦啦 无 法 替
Pno.
33
S.
代 潮 起 潮 落 的 无 奈。
A.
代 潮 起 潮 落 的 无 奈。
T.
代 潮 起 潮 落 的 无 奈。
B.
代 潮 起 潮 落 的 无 奈。
Pno.

35
S.
不 要 离 开 我 为 你 而 来, 拥 有
A.
不 要 离 开 我 为 你 而 来, 拥 有
T.
不 要 离 开 我 为 你 而 来, 拥 有
B.
不 要 离 开 我 为 你 而 来,
Pno.
37
S.
梦 就 会 拥 有 未 来,
A.
梦 就 会 拥 有 未 来, 就 会 拥 有 未 来
T.
梦 就 会 拥 有 未 来,
B.
拥 有 梦 就 会 拥 有 未 来 未 来
Pno.

39
S.
不 要 离 开 我 为 你 存 在，你 是
A.
不 要 离 开 我 为 你 存 在，你 是
T.
不 要 离 开 我 为 你 存 在，你 是
B.
不 要 离 开 我 为 你 存 在，
Pno.
41
S.
否 明 白 我 情 深 似 海。美丽 的梦 像
A.
否 明 白 我 情 深 似 海。美丽 的梦 像
T.
否 明 白 我 情 深 似 海。啊……
B.
你 是 否 明 白 情 深 似 海。恩
Pno.

44
S.
大海，闪动的星光像情怀，你
A.
大海，闪动的星光像情怀，你
T.
啊……
B.
恩 恩 恩
Pno.
47
S.
是否感到我的无奈，多想给你我最真的依赖。
A.
是否感到我的无奈，啊依赖。
T.
啊……依赖。
B.
恩 恩 啊 依赖。
Pno.

51
S.
A.
T.
B.
Pno.
f
54
Pno.
57
Pno.

60
S.
不 要 离 开 我 为你 而 来， 拥 有
A.
不 要 离 开 我 为 你 而 来，
T.
不 要 离 开 我 为你 而 来， 拥 有
B.
不 要 离 开 我 为 你 而 来，
Pno.
62
S.
梦 就会拥 有 未 来，
A.
拥 有梦 就 会 拥 有 未 来，
T.
梦 就会拥 有 未 来，
B.
就 会 拥 有 未 来，
Pno.

64
S.
不 要 离 开 我 为 你 存 在， 你 是
A.
不 要 离 开 我 为 你 存 在， 你 是
T.
不 要 离 开 我 为 你 存 在，
B.
不 要 离 开 我 为 你 存 在，
Pno.
66
S.
否 明 白 我 情 深 似 海。
A.
否 明 白 我 情 深 似 海。
T.
p
我 的
B.
我 的
Pno.

68
rit.
S.
恩 恩 恩 归 来, 我 的
A.
恩 恩 恩 归 来, 我 的
T.
梦, 我 的 爱, 我 的 爱, 归 来, 我 的
B.
梦, 我 的 爱, 我 的 爱, 归 来, 我 的
Pno.
72
S.
爱。
A.
爱 我 的 爱。
T.
爱 我 的 爱。
B.
爱 我 的 爱。
Pno.

梨花颂

（混声合唱）

翁思再 作 词
杨万林 作 曲
邢珊珊 改编合唱

9
S.
只 为 一人去，
A.
只 为 一人去，
T.
此 生 只为 一 人 去， 道 他 君 王
B.
此 生 只为 一 人 去， 道 他 君 王
Pno.
12
S.
道他君 王 情 也 痴， 情也 痴。
A.
道他君 王 情 情也痴， 情 也 痴。
T.
也 痴 情 也 痴。
B.
情 也 痴 情 也 痴。
Pno.

15
S.
天 生 丽 质 难 自 弃， 天 生 丽 质
A.
天 生 丽 质 难 自 弃， 天 生 丽 质
T.
天 生 丽 质 难 自 弃， 丽 质
B.
天 生 丽 质 难 自 弃， 丽 质
Pno.
18
S.
难 自 弃， 长 恨 一 曲 千 古 长 恨
A.
难 自 弃， 长 恨 一 曲 千 古 谜， 长 恨
T.
难 长 恨 一 曲 千 古 长 恨
B.
难 长 恨 一 曲 千 古 谜， 长 恨
Pno.

22
S.
一 曲 千 古…… 思。
A.
一 曲 千 古…… 思。
T.
一 曲 千 古…… 思。啊 啊……
B.
一 曲 千 古…… 思。啊 啊……
Pno.
26
S.
f
梨 花 开， 春 带 雨。
A.
梨 花 开， 春 带 雨。
T.
f
梨 花 开， 春 带
B.
梨 花 开， 春 带
Pno.
8
gliss

30
S.
梨 花 落， 春 入 泥。 此 生 只 为
A.
梨 花 落， 春 入 泥。 此 生
T.
雨。 梨 花 落， 啊 此 生 只 为
B.
雨。 梨 花 落， 啊 此 生
Pno.
33
S.
一 人 去， 道 他 君 王
A.
只 为 一 人 去， 道 他 君 王
T.
一 人 去， 道 他 君 王
B.
只 为 一 人 去， 道 他 君 王
Pno.

35
S.
情 也 痴，情 也 痴。
A.
情 情 也 痴，情 也 痴。
T.
情 也 痴，情 也 痴。
B.
情 也 痴，情 也 痴。
Pno.
38
S.
啊……
啊
A.
啊……
啊
T.
啊……
啊
B.
啊……
啊
Pno.

九 儿

（混声合唱）

何其玲　阿　鲲　作　词
阿　鲲　作　曲
邢珊珊　改编合唱

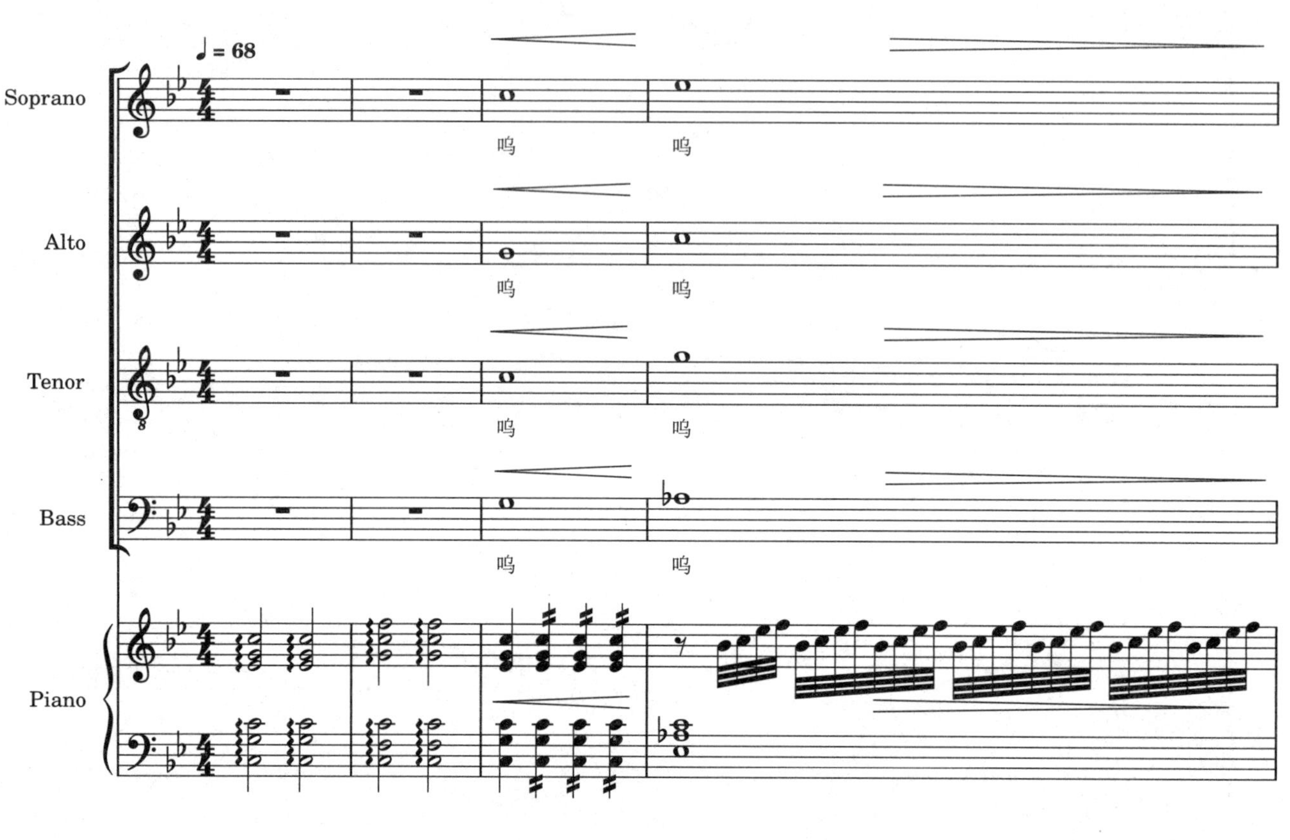

10
S.
天，九儿我送你去远方。啊
A.
天，九儿我送你去远方。啊
T.
mp
天，九儿我送你去远方。身边的那片田野啊，
B.
天，九儿我送你去远方。
Pno.
15
S.
啊 啊 啊 啊 九儿
A.
啊 啊 啊 啊 九儿
T.
手边的枣花香，高粱熟来红满天，九儿
B.
Pno.

19
S.
我 送你去远 方。 身边 的那片田 野 啊，
A.
我 送你去远 方。 身边 的那片田 野 啊，
T.
我 送你去远 方。 身边 的那片田 野 啊，
B.
身边 的那片田 野 啊，
Pno.
23
S.
手边 的枣 花儿 香， 高粱熟来红 满 天， 九儿
A.
手边 的枣 花儿 香， 高粱熟来红 满 天， 九儿
T.
手边 的枣 花儿 香， 高粱熟来红 满 天， 九儿
B.
手边 的枣 花儿 香， 高粱熟来红 满 天， 九儿
Pno.

27
S.
我 送 你去远 方。
A.
我 送 你去远 方。
T.
我 送 你去远 方。
B.
我 送 你去远 方。
Pno.
31
S.
A.
T.
B.
Pno.

35
S.
身边 的那片田 野 啊，
A.
身边 的 那片田 野 啊， 手边 的
T.
身边 的那片田 野 啊，
B.
mp
身边 的那片田 野 啊， 手边 的枣 花儿
Pno.
40
S.
手边 的枣 花儿 香， 高 粱 熟 来 红 满 天， 九 儿
A.
枣 花儿 香， 高 粱 熟 来 红 满 天， 九 儿 我 送
T.
手边 的枣 花儿 香， 高 粱 熟 来 红 满 天， 九 儿
B.
香， 高 粱 熟 来 红 满 天， 九 儿 我 送 你 去 远
Pno.

44
S.
我 送 你 去 远 方。
A.
你 去 远 方。 啊
cresc.
T.
我 送 你 去 远 方。
B.
方。 啊
Pno.
46
S.
啊
A.
啊
T.
啊
B.
啊
Pno.

47
S.
A.
T.
B.
Pno.
48
啊
啊
啊
啊

49
S.
A.
T.
B.
Pno.
50
f
高 梁 熟 来 红 满
高 梁 熟 来 红 满
高 梁 熟 来 红 满
高 梁 熟 来 红 满

51
S.
天，九 儿 我 送你去远
A.
天，九 儿 我 送你去远
T.
天，九 儿 我 送你去远
B.
天，九 儿 我 送你去远
Pno.
53
S.
方，高粱熟来红 满 天，九儿 我 送你去远
A.
方，高粱熟来红 满 天，九儿 我 送你去远
T.
方，高粱熟来红 满 天，九儿 我 送你去远
B.
方，高粱熟来红 满 天，九儿 我 送你去远
Pno.

57
dim.------- rit
S.
方，九儿我送你去远方。
A.
方，远方。
T.
方，九儿我送你去远方。
B.
方，九儿我送你去远方。
Pno.

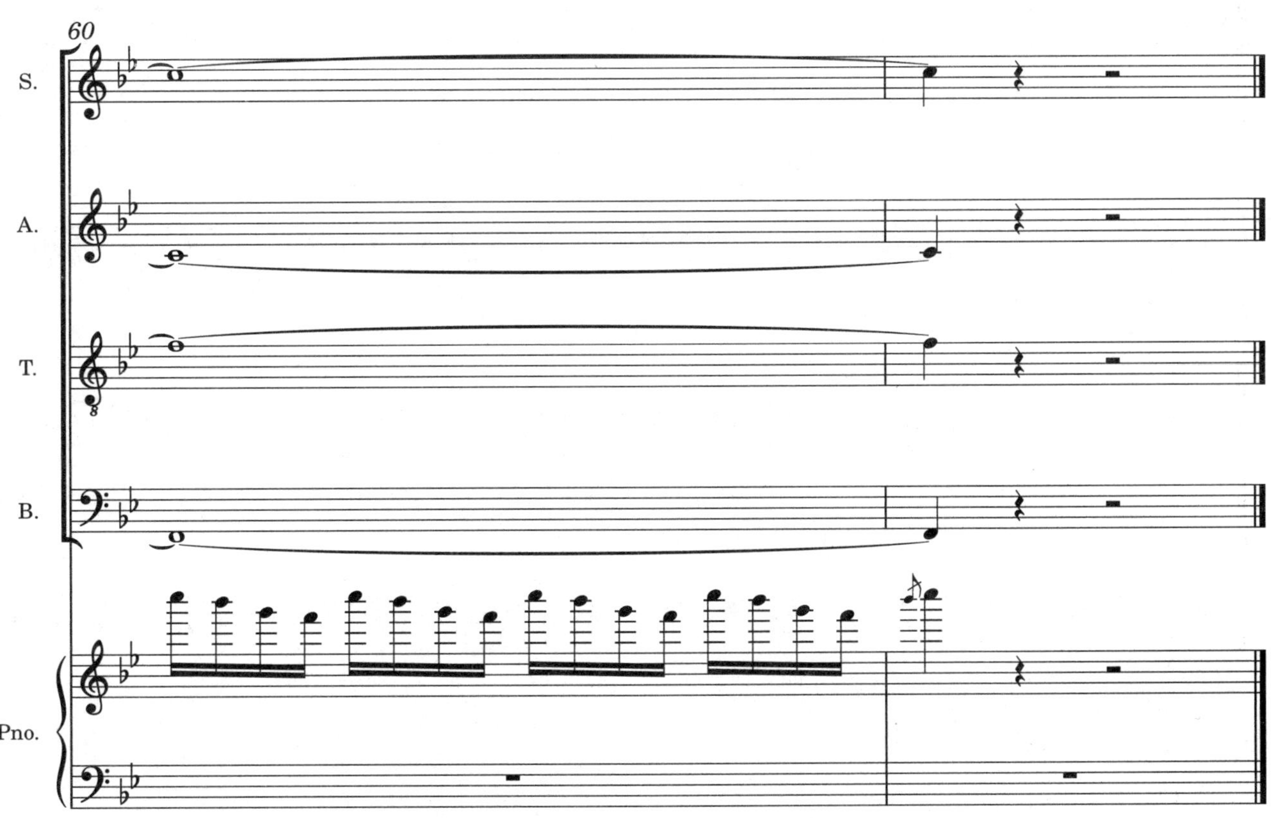
60
S.
A.
T.
B.
Pno.

爱

（混声无伴奏合唱）

陈大力　李子恒　作　　词
陈大力　作　　曲
亦　歌　改编合唱

13
S.
hu hu hu hu hu hu hu hu— hu hu bong bong bong bong bong do do do
A.
hu hu hu hu hu hu hu hu— hu hu bong bong bong bong bong do do do
T.
hu hu hu hu hu hu hu hu— 把你的 心 我的心 串一 串， 串一株幸运
B.
hu hu hu hu hu hu hu hu— 把你的 心 我的心 串一 串， 串一株幸运
19
S.
bong bong bong bong 同心圆 do do do bong bong bong bong bong do do do do 青春
A.
bong bong bong bong 同心圆 do do do bong bong bong bong bong do do do do 青春
T.
草 串一个 同心 圆， 让所有 期 待未来 的呼 唤 趁青春作个 伴。青春
B.
草 串一个 同心 圆， 让所有 期 待未来 的呼 唤 趁青春作个 伴。青春
24
S.
作伴 别让年 轻 越长大 越孤 单， 把我的幸运 草 种在你 的梦 田， 让地球
A.
作伴 bong bong bong bong bong do do do bong bong bong bong bong do do do
T.
作伴 bong bong bong bong bong do do do bong bong bong bong 的梦田 do do do
B.
作伴 bong bong bong bong bong bong bong bong bong bong 的梦田 do
mf
mp

29
S.
随 我们的 同心 圆 永远地不停 转。 向天空 大声的呼唤 说声 我爱你，向那
A.
bong bong bong bong 永远地不停 转。 向天空 大声的呼唤 说声 我爱你，向那
T.
bong bong bong bong 永远地不停 转。 向天空 大声的呼唤 说声 我爱你，向那
B.
bong bong bong bong 永远地不停 转。 向天空 大声的呼唤 说声 我爱你，向那

35
S.
流浪的白云 说声 我想你， 啊 啊 谁也擦不掉 我们
A.
流浪的白云 说声 我想你， 啊 啊 谁也擦不掉 我们
T.
流浪的白云 说声 我想你，让那 天空听得见 让那 白云看得见， 谁也擦不掉 我们
B.
流浪的白云 说声 我想你，让那 天空听得见 让那 白云看得见， 谁也擦不掉 我们

40
S.
许下的诺言。 想带你 一起看大海 说声 我爱你，给你 最亮的星星 说声 我想你，
A.
许下的诺言。 想带你 一起看大海 说声 我爱你，给你 最亮的星星 说声 我想你，
T.
许下的诺言。 想带你 一起看大海 说声 我爱你，给你 最亮的星星 说声 我想你，听听
B.
许下的诺言。 想带你 一起看大海 说声 我爱你，给你 最亮的星星 说声 我想你，听听

46
♩= 80
S.
f
啊 啊 自由自在地恋 爱。 hu hu hu hu hu hu
A.
f
啊 啊 自由自在地恋 hu hu hu hu hu hu hu
T.
mf
大海的誓言 看看 执着的蓝天，让我 们 自由自在地恋 hu hu hu hu hu hu hu
B.
mf
大海的誓言 看看 执着的蓝天，让我 们 自由自在地恋 hu hu hu hu hu hu hu

52
♩= 100
S.
mp
hu hu hu hu hu hu hu hu hu hu hu huhu hu hu hu
A.
mf
hu hu hu hu hu hu hu hu hu hu huhuhuhu hu
mf
把你的
T.
hu huhu hu hu hu hu hu hu hu huhu hu hu
B.
mp
hu huhu hu hu hu hu hu hu hu hu hu huhu huhu hu hu

58
S.
mf
你的心 我的心 串一 串 幸运草 串一个 同心圆
A.
心 我的 心 串一 串，串 一株 幸运 草 串一 个 同心 圆。
T.
p
wu wu wu wu wu wu wu wu
mf
让所有
B.
p
wu wu wu wu wu wu wu wu

66
♩= 118
mp
S.
hu hu 期 待未来 的呼 唤，趁青春作个 伴。青春 作伴 别让年 轻 越长大 越孤
A.
mf
hu hu 期 待未来 的呼 唤，趁青春作个 伴。青春 作伴 bong bong bong
T.
mf
期 待未来 的呼 唤， 趁 青 春 作个 伴。 别让年 轻 越长大 越孤
B.
mf
期 待未来 的呼 唤， 趁 青 春 作个 伴。 bong bong bong

72
S.
单， 把我的幸运 草 种在你 的梦 田， 让地球 随 我们的 同心
A.
bong bong do do do bong bong bong bong bong do do do bong bong bong
T.
单， 把我的幸运 草 种在你 的梦 田， 让地球 随 我们的 同心
B.
bong bong do do do bong bong bong bong bong do do do bong bong bong

76
S.
mf
f
圆 永远地不停 转。 向天空 大声的呼唤 说声 我爱你，向那 流浪的白云 说声
A.
f
bong 永远地不停 转。 向天空 大声的呼唤 说声 我爱你，向那 流浪的白云 说声
T.
mf
f
圆 永远地不停 转。 向天空 大声的呼唤 说声 我爱你，向那 流浪的白云 说声
B.
mf
f
bong 永远地不停 转 向天空 大声的呼唤 说声 我爱你，向那 流浪的白云 说声

82
S.
我想你， 啊 啊 谁也擦不掉 我们 许下的诺言。 想带你
A.
我想你， 啊 啊 谁也擦不掉 我们 许下的诺言。 想带你
T.
我想你， 让那 天空听得见 让那 白云看得见， 谁也擦不掉 我们 许下的诺言。 想带你
B.
我想你， 让那 天空听得见 让那 白云看得见， 谁也擦不掉 我们 许下的诺言。 想带你

88
S.
一起看大海 说声 我爱你，给你 最亮的星星 说声 我想你，听听 大海的誓言 看看
A.
一起看大海 说声 我爱你，给你 最亮的星星 说声 我想你，听听 大海的誓言 看看
T.
一起看大海 说声 我爱你，给你 最亮的星星 说声 我想你，听听 大海的誓言 看看
B.
一起看大海 说声 我爱你，给你 最亮的星星 说声 我想你，听听 大海的誓言 看看

93
S.
执着的蓝天，让我 们 自由自在地恋 爱。 hu hu hu hu hu hu hu___hu hu
A.
执着的蓝天，让我 们 自由自在地恋 hu hu hu hu hu hu hu hu___hu hu
T.
mf mp
执着的蓝天，让我 们 自由自在地恋 hu hu hu hu hu hu hu hu huhu hu
B.
mf mp
执着的蓝天，让我 们 自由自在地恋 hu hu hu hu hu hu hu hu huhu hu

99
mp
S.
hu hu hu hu hu hu hu hu hu hu hu hu hu 啦 啦 啦
mf
A.
hu hu hu hu hu hu hu hu hu hu 啦 啦 啦
T.
hu hu hu hu hu hu hu hu hu hu hu 啦 啦 啦
mp
mp
mp
B.
hu hu hu hu hu hu hu hu hu hu hu hu hu hu hu 啦 啦 啦

忽然之间

（混声合唱）

周耀辉　李焯雄　作　　词
林健华　作　　曲
王　力　改编合唱

8
S.
A.
T.
B.
Pno.
都 没 有。
呜 呜 呜
呜 呜 呜
我 想 起 了 你，
再 想 到 自 己，
11
呜 呜
怀 念 你。 我 明
呜 呜
怀 念 你。 我 明
我 为 什 么 总 在 非 常 脆 弱 的 时 候
怀 念 你。 我 明
怀 念 你。 我 明

14
S.
A.
T.
B.
Pno.
mf
p
白 太放不开 你的爱， 太熟悉 你 的关怀。 分不开， 想你算
17
是安慰还是悲哀， 而现 在， 就算时 针 都停摆， 就算生 命 像尘埃，

20
S.
分 不开， 我 们也 许反而更 相 信 爱。
A.
分 不开， 我 们也 许反而更 相 信 爱。
T.
分 不开， 我 们也 许反而更 相 信 爱。
B.
分 不开， 我 们也 许反而更 相 信 爱。
Pno.
23
S.
A.
T.
B.
Pno.

25
S.
A.
T.
B.
Pno.
27
mf
如果 这天 地，
最终 会消 失，
mp
如果 这天 地，
最终 会消

29
S.
不想一路走来珍惜的回忆 没有你，我明
A.
不想一路走来珍惜的回忆 没有你，我明
T.
失，的回忆 没有你，我明
B.
失，的回忆 没有你，我明
Pno.
32
f
S.
白 哦
A.
白 太放不开 你的爱，太熟悉 你 的关怀
我明白 放不开你 的 爱，你的关怀。
T.
白 太放不开 你的爱，太熟悉 你 的关怀。
B.
白 太放不开 你的爱，太熟悉 你 的关怀
Pno.

34
S.
A.
T.
B.
Pno.
哦 啊 啊
分 不开， 想 你算 是安慰还是 悲 哀， 而现 在， 就 算时 针 都 停摆，
分 不开， 想 你算 是安慰还是 悲 哀， 而现 在， 就 算时 针 都 停摆，
分 不开， 想 你算 是安慰还是 悲 哀， 而现 在， 就 算时 针 都 停摆，
37
mp
像 尘 埃 和你分 不开
就 算 生 命 像尘 埃， 分 不开， 我 们也 许反而更 相 信 爱。
就 算 生 命 像尘 埃， 分 不开， 我 们也 许反而更 相 信 爱。
就 算 生 命 像尘 埃， 分 不开， 我 们也 许反而更 相 信 爱。

40
S.
A.
T.
B.
Pno.
pp
我 明 白 太放不开 你的爱， 太熟悉 你 的关怀。
pp
43
ff
分不开， 想你算 是安慰还是悲哀， 而 现 在而 现在 我明白
而 现 在， 就算时 针 都停摆，
而 现 在， 就算时 针 都停摆，
而 现 在， 就算时 针 都停摆，
3

46
S.
我 就 算 生 命 像 尘 埃。 像 尘 埃， 分 不 开。
A.
就 算 生 命 像 尘 埃。 分 不 开， 我 们 也
T.
就 算 生 命 像 尘 埃。 分 不 开， 我 们 也
B.
就 算 生 命 像 尘 埃。 分 不 开， 我 们 也
Pno.
48
S.
p
分 不 开， 我 们 也 许 反 而 更 相 信
A.
p
许 反 而 更 相 信 爱。 分 不 开， 我 们 也 许 反 而 更 相 信
T.
许 反 而 更 相 信 爱。
B.
许 反 而 更 相 信 爱。
Pno.

51
S.
爱。
A.
爱。
T.
B.
Pno.

练习曲

选自音乐剧《钢的琴》

（混声合唱）

关 山 作 词
三 宝 作 曲
邢珊珊 改编合唱

5
S.
A.
T.
B.
人 心里都 有 一 段 旋 律， 是他
Pno.
7
S.
A.
T.
B.
生命中 最 初 的 练 习 曲， 当我
Pno.

9
S.
A.
T.
B.
第一次 触 摸 钢 琴 的 时 候， 有个
Pno.
11
S.
A.
T.
他 让 我
B.
声 音 在我耳 边 这 样 说 起， 他 让 我
Pno.

13
S.
A.
T.
听 在窗 外 咆 哮 的 风， 他 让 我
B.
听 在窗 外 咆 哮 的 风， 他 让 我
Pno.
15
S.
啊
A.
啊
T.
听 在屋 顶 奔 跑 的 雨， 他 让 我
B.
听 在屋 顶 奔 跑 的 雨， 他 让 我
Pno.

17
S.
听，发出动静的空气，是
A.
听，发出动静的空气，是
T.
听每一种能发出动静的空气，是
B.
听每一种能发出动静的空气，是
Pno.
19
S.
怎样在我们的肺叶里变成了呼吸。
A.
怎样在我们的肺叶里变成了呼吸。
T.
怎样在我们的肺叶里变成了呼吸。
B.
怎样在我们的肺叶里变成了呼吸。
Pno.
6
8

21
S.
A.
T.
B.
mf
听，
踮着脚尖的自行车铃，
自行车铃，
Pno.
23
听，
打开胸腔的

24
S.
机 器 轰 鸣，
A.
机 器 轰 鸣，
T.
机 器 轰 鸣 机 器 轰 鸣
B.
机 器 轰 鸣，
Pno.
25
S.
听，
A.
听， 澡 堂 里 热 闹 的 水 蒸 气，
T.
听， 澡 堂 里 热 闹 的 水 蒸 气，
B.
听 澡 堂 里 热 闹 的 水 蒸 气，
Pno.

27
S.
听，
半 导 体。
A.
听， 台 阶 上 兹 兹 拉 拉 的 半 导 体。
T.
听， 台 阶 上 兹 兹 拉 拉 的 半 导 体。
B.
听， 台 阶 上 兹 兹 拉 拉 的 半 导 体。
Pno.
29
S.
听， 那 让 我 听 得 见 自 己 心 跳 的 谁 的 步
A.
听， 啊 啊 啊
T.
听， 那 让 我 听 得 见 自 己 心 跳 的 谁 的 步 履，
B.
听， 啊 啊 啊
Pno.
mf

31
S.
履，踩着一路煤渣 一路瓦砾 一路的碎玻璃，
A.
啊 啊 啊 啊
T.
踩着一路煤渣 一路瓦砾 一路的碎玻璃，
B.
啊 啊 啊 啊
Pno.
33
S.
听，藏在蓝色工作服 第二个扣子下面的，
A.
啊 啊 啊 啊
T.
听，藏在蓝色工作服 第二个扣子下面的，那
B.
啊 啊 啊 啊
Pno.

35
S.
那一声温暖的 柔软的 轻轻颤动的 叹 息。
A.
啊 啊 啊 颤动的叹
T.
一声温暖的 柔软的 轻轻颤动的 叹 息。
B.
啊 啊 啊 颤动的叹
Pno.
37
rit. f
我听见 啊 啊 啊 我听见
息。我听见 了 永 远 低声细语，
我听见 了 永远都不会说出口 的 低声 细语， 我听见
息，我听见 了 永 远 低声细语，
ff
3

40
S.
了 啊 翻来又覆 去 啊 我听见
A.
啊 万籁俱寂啊 听，
T.
了 一整夜翻来又覆去 的 万籁俱寂， 我听见
B.
啊 万籁俱寂啊 听，
Pno.
42
S.
了 啊 浅唱低吟， 我听见 了 前奏响起时 我
A.
啊 啊 啊 听，
T.
了 琴键上被手指遮住的 浅唱低吟， 我听见 了 前奏响起时 我
B.
啊 啊 浅 唱 低 吟， 听，
Pno.

45
S.
悄悄呼唤着 的 你。 每个人 心里都 有
A.
每个人 心 里
T.
悄悄呼唤着 的 你。 每个 人 心里都有 一段 旋
B.
每个人
Pno.
48
S.
一 段 旋 律, 生命中
A.
都 有 一 段 旋 律, 生 命 中
T.
律, 是他 生命中 最 初 的 练 习
B.
心 里 都 有 一 段 旋 律, 生命中
Pno.

50
S.
A.
T.
B.
Pno.
练习曲，所有的音符都那么的熟悉，却如此轻易转瞬就忘
练习曲，符都那么熟悉，
曲，所有的音符都那么的熟悉，却如此轻易转瞬就忘
练习曲，那么熟悉
54
记，
记，但也许，但也许，但也许，也许，不知在未来岁月的

58
S.
A.
T.
B.
Pno.
rit.
那一天里，
你又会突然，
就会
突然，
和她再次相
遇。
呣
呣
呣

我属于我自己

选自音乐剧《伊丽莎白》

（混声合唱）

Michael Kunze
Sylvester Levay 词 曲
马 达 中文填词
曹司琪 改编合唱
王 力 编配伴奏

8
S.
运，我属于我自己。
A.
运，我属于我自己。
T.
我的命运，那落叶枯萎着淡
B.
呜
Pno.
S.
A.
心底
T.
黄色属于秋季，那雪花纷飞着雪白色属于冬季，心
B.
呜
Pno.

15
S.
渐 渐 清 晰， 告诉我 属 于 我 自
A.
的 声音 渐 渐 清 晰， 属 于
T.
底 的声 音 渐 渐 清 晰， 告诉 我 属 于 我 自
B.
清 晰 告 诉 我 我 自
Pno.
18
S.
己。
A.
我 自 己。 呜 呜
T.
己。
B.
己。 只 有 穿 过 沼 泽 绝 望 的 窒 息， 才
Pno.

21
S.
呜
A.
发 现 生 命 的 意 义， 只
T.
只
B.
发 现 生 命 的 意 义，
Pno.
23
S.
发现 自由的 真
A.
有 穿 过 荒 漠 无 尽 的 空 虚， 才 发 现 自 由 的 真
T.
有 穿 过 荒 漠 无 尽 的 空 虚， 才 发 现 自 由 的 真
B.
呜
发 现 自 由 的 真
Pno.

26
S.
谛。 那 月 色 多美 丽 皎 洁 的 挂在夜 里， 那
A.
谛。 那 月 色 多美 丽 皎 洁 的 挂在夜 里， 那
T.
谛。
B.
谛。
Pno.

29
S.
银 河 璀璨 着 流 淌 着 无边无 际， 我不再 屈从我 的 命
A.
银 河 璀璨 着 流 淌 着 无边无 际， 我不再 屈从我 的 命
T.
那银河 璀璨着 流淌 着无边无 际， 我不再 屈从我 的 命
B.
那银河 璀璨着 流淌 着无边无 际， 不 再 屈 从
Pno.

32
S.
运，我 属于 我 自 己。
A.
运，我 属于 我 自 己。
T.
运，我 属于 我 自 己。
B.
我的命运，我 属于 我 自 己 自 己。
Pno.
35
S.
A.
T.
B.
Pno.

38
S.
A.
T.
B.
Pno.
3
41
S.
时 光 缓 缓 流 动 带
A.
时 光 缓 缓 流 动 带
T.
呜......
B.
呜......
Pno.

44
S.
我 走 进回忆 里， 看 见 我 茫 然 的 听 不 见 任 何 真 理， 只
A.
我 走 进回忆 里， 看 见 我 茫 然 的 听 不 见 任 何 真 理， 只
T.
啊…… 只
B.
啊…… 只
Pno.

47
S.
想 爬 上 世 界的 山 顶， 寻 找 最 初 的 心。
A.
想 爬 上 世 界的 山 顶， 寻 找 最 初 的 心。 啊……
T.
想 爬 上 世 界的 山 顶， 寻 找 最 初 的 心。
B.
想 爬 上 的山 顶， 寻 找 最 初 的 心。 冲
Pno.

51
S.
A.
T.
B.
Pno.
啊……
啊……
破 牢 笼 为 自 由 寻 找 氧 气， 才
53
啊
能 够 自 由 的 呼 吸， 即
啊……
即
能 够 自 由 的 呼 吸，

55
S.
不会去选择放
A.
使布满荆棘我寸步难行，也不会去选择放
T.
使布满荆棘我寸步难行，也不会去选择放
B.
啊
不会去选择放
Pno.
58
rit.
a tempo
S.
弃。那月色多美丽皎
A.
弃。那月色多美丽皎
T.
弃不会选择放弃。那月色多么的美
B.
弃不会选择放弃。那月色多美丽皎
Pno.

60
多 么 美 丽
S.
洁 的 挂 在 夜 里, 那 银 河 璀 璨 着 流
A.
洁 的 挂 在 夜 里, 那 银 河 璀 璨 着 流
T.
丽 皎 洁 的 挂 在 夜
B.
洁 的 挂 在 夜 里, 那 银 河 璀 璨 着 流
Pno.
62
挂 在 夜 里, 我
S.
淌 着 无 边 无 际, 我 大 声 对 命 运 呼 喊 着 因 为 我 属
A.
淌 着 无 边 无 际, 我 大 声 对 命 运 呼 喊 着 因 为 我 属
T.
里 我 大 声 对 命 运 呼 喊 着 因 为 我 属
B.
淌 着 无 边 无 际, 我 大 声 对 命 运 呼 喊 着 因 为 我 属
Pno.

65
S.
于 我 自 己，
A.
于 我 自 己，
T.
于 我 自 己，
B.
于 我 自 己，
Pno.
68
S.
属 于 我 自 己 我 属 于 自 己。
A.
属 于 我 自 己 我 属 于 自 己。
T.
自 己。
B.
自 己。
Pno.

喜欢你

（混声合唱）

梁文福　词　曲
邢珊珊　改编合唱

20
S.
落 也 看 作 唇 印。 喜 欢 你，
A.
落 也 看 作 唇 印。 喜 欢 你，
T.
ba la ba la ba ba la la 我 喜 欢 这 样 跟 着 你，随 便 你
B.
bong ba la bong ba la bong ba ba la ha ha 喜 欢 你，

26
S.
跟 着 你， ha ha 慢 慢 地 慢 慢 地 清 晰
A.
跟 着 你， ha ha 慢 慢 地 慢 慢 地 清 晰 啊
T.
带 我 到 哪 里，你 的 脸 慢 慢 贴 近，明 天 也 慢 慢 地 慢 慢 清 晰。 我 喜 欢
B.
跟 着 你， ha ha 慢 慢 地 慢 慢 地 清 晰

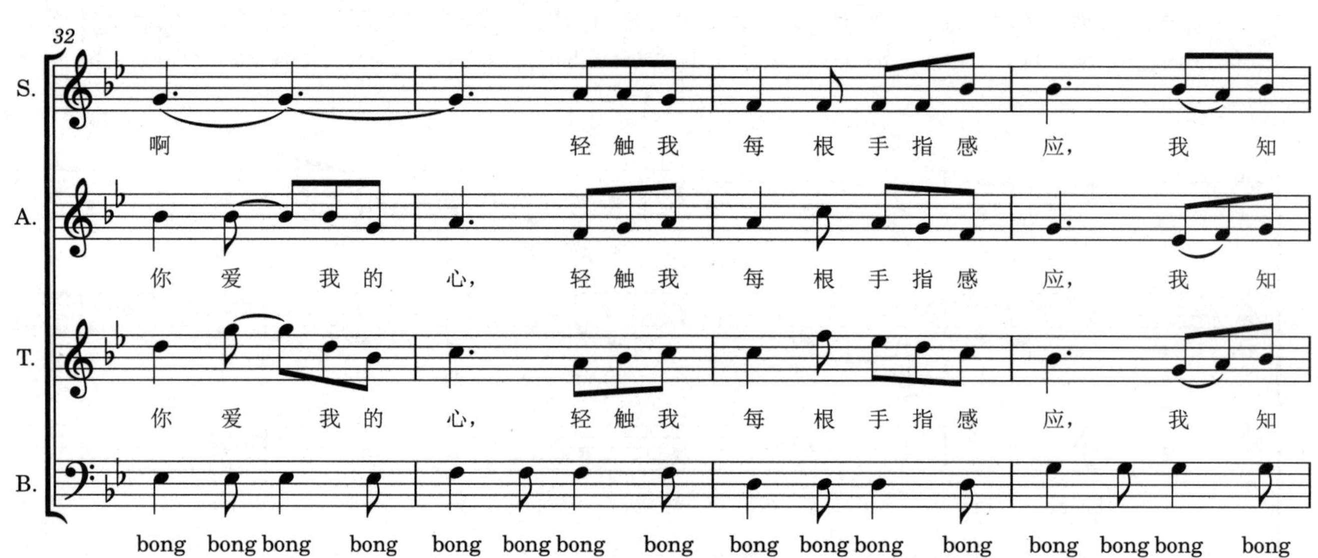
32
S.
啊 轻 触 我 每 根 手 指 感 应， 我 知
A.
你 爱 我 的 心， 轻 触 我 每 根 手 指 感 应， 我 知
T.
你 爱 我 的 心， 轻 触 我 每 根 手 指 感 应， 我 知
B.
bong bong bong bong bong bong bong bong bong bong bong bong bong bong bong bong

36
S.
道 它 在 诉 说 着 你 承 诺 言 语。 ha......
A.
道 它 在 诉 说 着 你 承 诺 言 语 ha ha ha ha
T.
道 它 在 诉 说 着 你 承 诺 言 语。
B.
bong bong bong bong bong bong bong bong bong

43
S.
ha ha ha ba la ba la ba la ba la
A.
ha ha ha ha bong ba la bong ba la bong ba la bong ba la
T.
喜 欢 你 给 我 你 的 外 衣， 让 我
B.
喜 欢 你 给 我 你 的 外 衣， 让 我

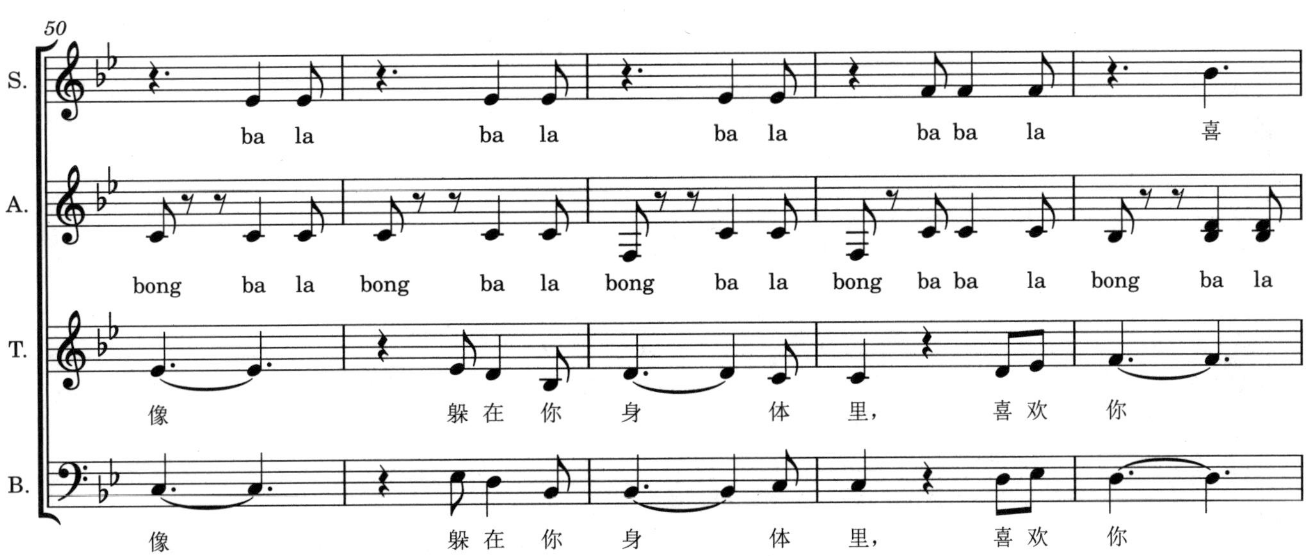
50
S.
ba la ba la ba la ba ba la 喜
A.
bong ba la bong ba la bong ba la bong ba ba la bong ba la
T.
像 躲 在 你 身 体 里， 喜 欢 你
B.
像 躲 在 你 身 体 里， 喜 欢 你

55
S.
欢 ha ha ba la ba la
A.
bong ba la bong ba la bong ba la bong ba la bong ba la
T.
那微 笑 的 眼 睛， 连日 落 也 看 作 唇
B.
那微 笑 的 眼 睛， 连日 落 也 看 作 唇

60
S.
ba ba la la 喜 欢 你， 跟 着 你， ha
A.
bong ba ba la ha ha 喜 欢 你， 跟 着 你， ha
T.
印。 我喜欢 这 样 跟着 你，随便你 带我 到 哪 里，你的 脸 慢慢清
B.
印。 ha ha 喜 欢 你， 跟 着 你， ha

67
S.
ha 慢慢地慢慢地 清 晰 啊 轻 触 我
A.
ha 慢慢地慢慢地 清 晰 啊 啊 我 的 心 轻 触 我
T.
晰，明天也 慢慢地慢慢贴 近， 我喜欢 你 爱 我 的 心， 轻 触 我
B.
ha 慢慢地慢慢地 清 晰 bong bong bong bong bong bong bong bong

72
S.
每 根 手 指 感 应， 我 知 道 它 在 诉 说 着 你 承 诺 言
A.
每 根 手 指 感 应， 我 知 道 它 在 诉 说 着 你 承 诺 言
T.
每 根 手 指 感 应， 我 知 道 它 在 诉 说 着 你 承 诺 言
B.
bong bong bong bong bong bong bong bong bong bong bong bong bong bong bong bong

76
S.
语。 我 喜 欢 这 样 跟 着 你， 随 便 你 带 我 到 哪 里， 你 的 脸 慢 慢 贴
A.
语。
T.
语。
B.
bong
ha

83
S.
近， 明 天 也 慢 慢 地 慢 慢 地 清 晰 啊 轻 触 我
A.
慢 慢 地 慢 慢 地 清 晰 啊 啊 我 的 心 轻 触 我
T.
慢 慢 地 慢 慢 贴 近， 我 喜 欢 你 爱 我 的 心， 轻 触 我
B.
ha 慢 慢 地 慢 慢 地 清 晰 bong bong bong bong bong bong bong bong

88
S.
每 根 手 指 感 应， 我 知 道 它 在 诉 说 着 你 承 诺 言
A.
每 根 手 指 感 应， 我 知 道 它 在 诉 说 着 你 承 诺 言
T.
每 根 手 指 感 应， 我 知 道 它 在 诉 说 着 你 承 诺 言
B.
bong bong bong bong bong bong bong bong bong bong bong bong bong bong bong bong

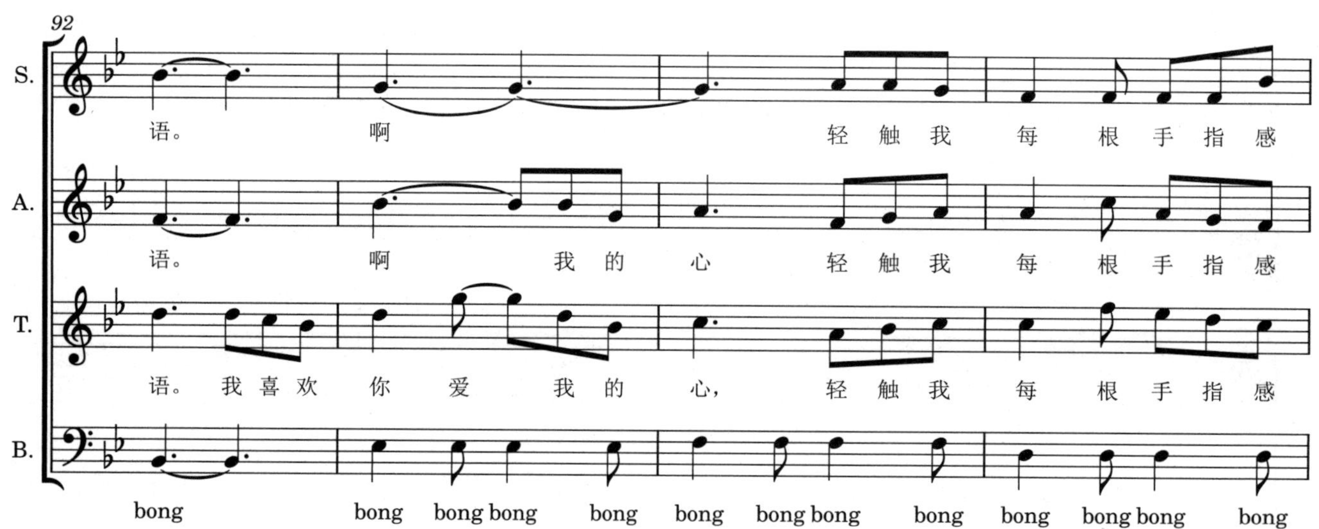
92
S.
语。 啊 轻 触 我 每 根 手 指 感
A.
语。 啊 我 的 心 轻 触 我 每 根 手 指 感
T.
语。 我 喜 欢 你 爱 我 的 心， 轻 触 我 每 根 手 指 感
B.
bong bong bong bong bong bong bong bong bong bong bong bong bong

96
S.
应， 我 知 道 它 在 诉 说 着 你 承 诺 言 语。 啊......
A.
应， 我 知 道 它 在 诉 说 着 你 承 诺 言 语。 啊......
T.
应， 我 知 道 它 在 诉 说 着 你 承 诺 言 语。 啊......
B.
bong bong bong bong bong bong bong bong bong bong bong bong bong 啊......

102
S.
A.
T.
B.

奉 献

（混声合唱）

杨立德 作 词
翁孝良 作 曲
邢珊珊 改编合唱

14
S.
星 光 奉献 给长 夜， 我 拿 什么奉献 给你， 我的小 孩。 雨 季 奉献 给大 地，
A.
星 光 奉献 给长 夜， 我 拿 什么奉献 给你， 我的小 孩。 雨 季 奉献 给大 地，
T.
星 光 奉献 给长 夜， 我 拿 什么奉献 给你， 我的小 孩。 雨 季 奉献 给大 地，
B.
星 光 奉献 给长 夜， 我 拿 什么奉献 给你， 我的小 孩。 雨 季 奉献 给大 地，

18
S.
岁 月 奉献 给季 节， 我 拿 什么奉献 给你， 我的爹 娘。 嘟 嘟
A.
岁 月 奉献 给季 节， 我 拿 什么奉献 给你， 我的爹 娘。 嘟 嘟
T.
岁 月 奉献 给季 节， 我 拿 什么奉献 给你， 我的爹 娘。 嘟嘟 嘟嘟
B.
岁 月 奉献 给季 节， 我 拿 什么奉献 给你， 我的爹 娘。 嘟 嘟

22
S.
嘟 嘟 嘟 嘟 嘟 嘟 嘟 嘟 嘟
A.
嘟 嘟 嘟 嘟 嘟 嘟 嘟 嘟
T.
嘟嘟 嘟嘟 嘟 嘟 长 路 奉献 给远 方， 玫 瑰 奉献 给爱 情， 我
B.
嘟 嘟 嘟嘟嘟 嘟 长 路 奉献 给远 方， 玫 瑰 奉献 给爱 情， 我

26
S. 拿 什么奉献 给你， 嘟 嘟嘟 嘟 白云 奉献 给草 场， 江 河 奉献 给海 洋， 我
A. 拿 什么奉献 给你， 嘟 嘟嘟 嘟 白云 奉献 给草 场， 江 河 奉献 给海 洋， 我
T. 拿 什么奉献 给你， 我的爱 人。 嘟 嘟 嘟 嘟
B. 拿 什么奉献 给你， 我的爱 人。 嘟 嘟 嘟 嘟

30
S. 拿 什么奉献 给你， 我的朋 友。 拿 什么奉献 给你， 我
A. 拿 什么奉献 给你， 我的朋 友。拿什么 拿 什么奉献 给你，
T. 拿 什么奉献 给你， 我的朋 友。 拿什么 拿 什么奉献 给你， 我
B. 那 什么奉献 给你， 我的朋 友。 拿什么 拿 什么奉献 给你，

33
S. 不停地问， 我不停地找， 不停地 想。 白 鸽 奉献 给蓝 天，
A. 我 不停地问， 我不停地找，不停地 想。 白 鸽 奉献 给蓝 天，
T. 不停地问， 我不停地找， 不停地 想。 白 鸽 奉献 给蓝 天，
B. 我 不停地问， 我不停地找，不停地 想。 白 鸽 奉献 给蓝 天，

37
S.
星 光 奉献 给长 夜， 我 拿 什么奉献 给你， 我的小 孩。 雨 季 奉献 给大 地，
A.
星 光 奉献 给长 夜， 我 拿 什么奉献 给你， 我的小 孩。 雨 季 奉献 给大 地，
T.
星 光 奉献 给长 夜， 我 拿 什么奉献 给你， 我的小 孩。 雨 季 奉献 给大 地，
B.
星 光 奉献 给长 夜， 我 拿 什么奉献 给你， 我的小 孩。 雨 季 奉献 给大 地，

41
S.
岁 月 奉献 给季 节， 我 拿 什么奉献 给你， 我的爹 娘。 白 鸽 奉献 给蓝 天，
A.
岁 月 奉献 给季 节， 我 拿 什么奉献 给你， 我的爹 娘。 白 鸽 奉献 给蓝 天，
T.
岁 月 奉献 给季 节， 我 拿 什么奉献 给你， 我的爹 娘。 白 鸽 奉献 给蓝 天，
B.
岁 月 奉献 给季 节， 我 拿 什么奉献 给你， 我的爹 娘。 白 鸽 奉献 给蓝 天，

45
S.
星 光 奉献 给长 夜， 我 拿 什么奉献 给你， 我的小 孩。 雨 季 奉献 给大 地，
A.
星 光 奉献 给长 夜， 我 拿 什么奉献 给你， 我的小 孩。 雨 季 奉献 给大 地，
T.
星 光 奉献 给长 夜， 我 拿 什么奉献 给你， 我的小 孩。 雨 季 奉献 给大 地，
B.
星 光 奉献 给长 夜， 我 拿 什么奉献 给你， 我的小 孩。 雨 季 奉献 给大 地，

49
S.
A.
T.
B.
岁 月 奉献 给季 节， 我 拿 什么奉献 给你， 我的爹 娘。 啦……
岁 月 奉献 给季 节， 我 拿 什么奉献 给你， 我的爹 娘。 啦……
岁 月 奉献 给季 节， 我 拿 什么奉献 给你， 我的爹 娘。 啦……
岁 月 奉献 给季 节， 我 拿 什么奉献 给你， 我的爹 娘。 啦……

53
S.
A.
T.
B.
啦…… 啦……
啦…… 啦 ……
啦…… 啦……
啦…… 啦……

57
S.
A.
T.
B.
啦…… 啦……
啦…… 啦……
啦…… 啦……
啦…… 啦……

61
S.
A.
T.
B.
啦……
啦……
啦……
啦……
啦……
啦……
啦……
啦……

65
S.
A.
T.
B.
啦……
啦……
啦……
啦……

权力的游戏

（男声合唱）

Ramin Djawadi 作曲
佚名 作词
曹司琪 改编合唱

3
T.1
oo...ah
dom
T.2
dom
Bar.
dom
B.1
dom dom - da da dom dom - da da dom dom - da da dom dom - da da vom vom
B.2
vom vom
Pno.1
Pno.2
6
T.1
dom
T.2
dom dom - da da dom dom - da da dom dom - da da dom dom da
Bar.
dom
B.1
va da dom vom va da dom
B.2
va da dom vom va da dom dom
Pno.1
Pno.2

9
T.1
T.2
Bar.
B.1
B.2
Pno.1
Pno.2
dom
dom
dom
dom
dom - da da dom dom - da da
dom
dom
vom vom va da dom vom va da dom
vom vom va da dom vom va da dom
12
dom dom - da da dom dom da
vom vom
vom vom
dom dom - da da dom dom - da da
dom
dom

14
T.1
va da dom vom va da dom
T.2
va da dom vom va da dom
Bar.
dom dom - da da dom dom - da da dom dom - da da dom dom - da da
B.1
dom
B.2
dom
Pno.1
Pno.2
16
T.1
dom vom vom
T.2
dom vom vom
Bar.
dom dom - da da dom dom da dom dom - da da dom dom - da da
B.1
dom dom
B.2
dom dom
Pno.1
Pno.2

18
T.1
T.2
Bar.
B.1
B.2
Pno.1
Pno.2
va da dom vom va da dom
va da dom vom va da dom
dom dom - da da dom dom - da da dom dom - da da dom dom - da da
dom
dom
20
dom vom vom
dom vom vom
dom dom - da da dom dom da vom vom
dom dom dom - da da dom dom - da da
dom vom vom

22
T.1
va da dom vom va da dom
T.2
va da dom vom va da dom
Bar.
va da dom vom va da dom
B.1
dom dom - da da dom dom - da da dom dom - da da dom dom - da da
B.2
va da dom vom va da dom
8
Pno.1
Pno.2
24
T.1
vom vom
T.2
vom vom
Bar.
vom vom
B.1
dom dom - da da dom dom da dom dom - da da dom dom - da da
B.2
vom vom
Pno.1
Pno.2

26
T.1
dom dom dom dom dom
T.2
dom dom dom dom dom
Bar.
dom dom dom dom dom
B.1
dom dom - da da dom dom - da da dom dom - da da dom dom - da da
B.2
dom dom dom dom dom
Pno.1
Pno.2
28
T.1
dom
T.2
dom
Bar.
dom dom - da da dom dom - da da
B.1
dom dom - da da dom dom da dom
B.2
dom
Pno.1
Pno.2

30
T.1
dom dom
T.2
dom dom dom - da da dom dom - da da
Bar.
dom dom - da da dom dom - da da dom dom - da da dom dom - da da
B.1
dom dom
B.2
dom dom
Pno.1
Pno.2
32
T.1
dom dom
T.2
dom dom - da da dom dom - da da dom dom - da da dom dom da
Bar.
dom dom - da da dom dom - da da dom dom - da da dom dom da
B.1
dom dom
B.2
dom dom
Pno.1
Pno.2

34
T.1
T.2
Bar.
B.1
B.2
vom vom dom
dom da da dom da da dom
dom da da dom da da dom
vom vom dom dom - da da dom dom - da da
vom vom dom
Pno.1
Pno.2
36
dom da da da da
dom dom - da da dom dom da dom da da da da
dom dom - da da dom dom da dom da da da da
dom da da da da
8

38
T.1
dom da da da da dom da da da da
T.2
dom da da da da dom dom - da da dom dom - da da
Bar.
dom dom - da da dom dom - da da dom dom - da da dom dom - da da
B.1
dom da da da da dom da da da da
B.2
dom da da da da dom da da da da
8
Pno.1
Pno.2
40
T.1
dom da da da da dom
T.2
dom dom - da da dom dom - da da dom dom - da da dom dom da
Bar.
dom dom - da da dom dom - da da dom dom - da da dom dom da
B.1
dom da da da da dom
B.2
dom da da da da dom
8
Pno.1
Pno.2

42
T.1
T.2
Bar.
B.1
B.2
Pno.1
Pno.2
vom vom dom
dom da da dom da da dom
dom da da dom da da dom
vom vom dom dom - da da dom dom - da da dom dom - da da dom dom - da da
vom vom dom
45
dom
vom vom
vom vom
dom
8

48
T.1
dom da da dom da da dom da da da
T.2
da da
Bar.
da da dom dom da da dom vom vom
B.1
da da dom dom da da dom vom vom
B.2
da da
8
Pno.1
Pno.2
52
T.1
dom da da dom da da dom da da da
T.2
dom
Bar.
da da dom dom da da dom
B.1
da da dom dom da da dom
B.2
dom
8
Pno.1
Pno.2

55
T.1
vom vom da da dom dom da da
T.2
vom vom da da dom dom da da
Bar.
dom dom - da da dom dom - da da dom dom - da da dom dom - da da
B.1
vom vom da da dom dom da da
B.2
vom vom da da dom dom da da
Pno.1
Pno.2
57
T.1
dom
T.2
dom
Bar.
dom dom - da da dom dom - da da dom dom - da da dom dom da
B.1
dom dom - da da dom dom - da da dom dom - da da dom dom da
B.2
dom
Pno.1
Pno.2

59
T.1
T.2
Bar.
B.1
B.2
Pno.1
Pno.2
vom vom da da dom dom da da
vom vom da da dom dom da da
dom dom - da da dom dom - da da dom dom - da da dom dom - da da
vom vom da da dom dom da da
vom vom da da dom dom da da
8
61
T.1
T.2
Bar.
B.1
B.2
Pno.1
Pno.2
dom
dom
dom dom - da da dom dom - da da dom dom - da da dom dom da
dom dom - da da dom dom - da da dom dom - da da dom dom da
dom
8

63
T.1
dom da da da dom
T.2
dom da da da dom
Bar.
dom dom - da da dom dom - da da dom dom - da da dom dom - da da
B.1
dom da da da dom
B.2
dom da da da dom
Pno.1
Pno.2
65
T.1
dom da da da dom
T.2
dom dom - da da dom dom - da da dom dom - da da dom dom - da da
Bar.
dom dom - da da dom dom - da da dom dom - da da dom dom - da da
B.1
dom da da da dom
B.2
dom da da da dom
Pno.1
Pno.2

67
T.1
dom dom dom
T.2
dom dom - da da dom dom da dom da da dom da da
Bar.
dom dom - da da dom dom da dom da da dom da da
B.1
dom dom dom
B.2
dom dom dom
Pno.1
Pno.2
69
T.1
dom dom da da da da
T.2
dom dom da da da da
Bar.
dom
B.1
dom dom - da da dom dom - da da dom da da da da
B.2
dom dom da da da da
Pno.1
8
Pno.2

72
T.1
dom da da da da dom da da da da
T.2
dom da da da da dom dom - da da dom dom - da da
Bar.
dom dom - da da dom dom - da da
B.1
dom da da da da dom da da da da
B.2
dom da da da da dom da da da da
8
Pno.1
Pno.2
74
T.1
dom da da da da dom
T.2
dom dom - da da dom dom - da da dom dom - da da dom dom da
Bar.
dom dom - da da dom dom - da da dom dom - da da dom dom da
B.1
dom da da da da dom
B.2
dom da da da da dom
8
Pno.1
Pno.2

76
T.1
dom dom dom
T.2
dom da da dom da da dom
Bar.
dom da da dom da da dom
B.1
dom dom dom dom - da da dom dom - da da
B.2
dom dom dom
Pno.1
Pno.2
78
T.1
dom dom - da da dom dom - da da
T.2
Bar.
dom dom - da da dom dom - da da dom dom - da da dom dom - da da
B.1
dom dom - da da dom dom - da da dom dom - da da dom dom - da da
B.2
Pno.1
Pno.2

80
T.1
dom dom - da da dom dom - da da dom
T.2
Bar.
dom dom - da da dom dom - da da dom
B.1
dom dom - da da dom dom - da da dom
B.2
Pno.1
Pno.2

啊哈！黑猫警长

动画片《黑猫警长》主题曲

（混声合唱）

蔡 璐 词 曲
邢珊珊 改编合唱

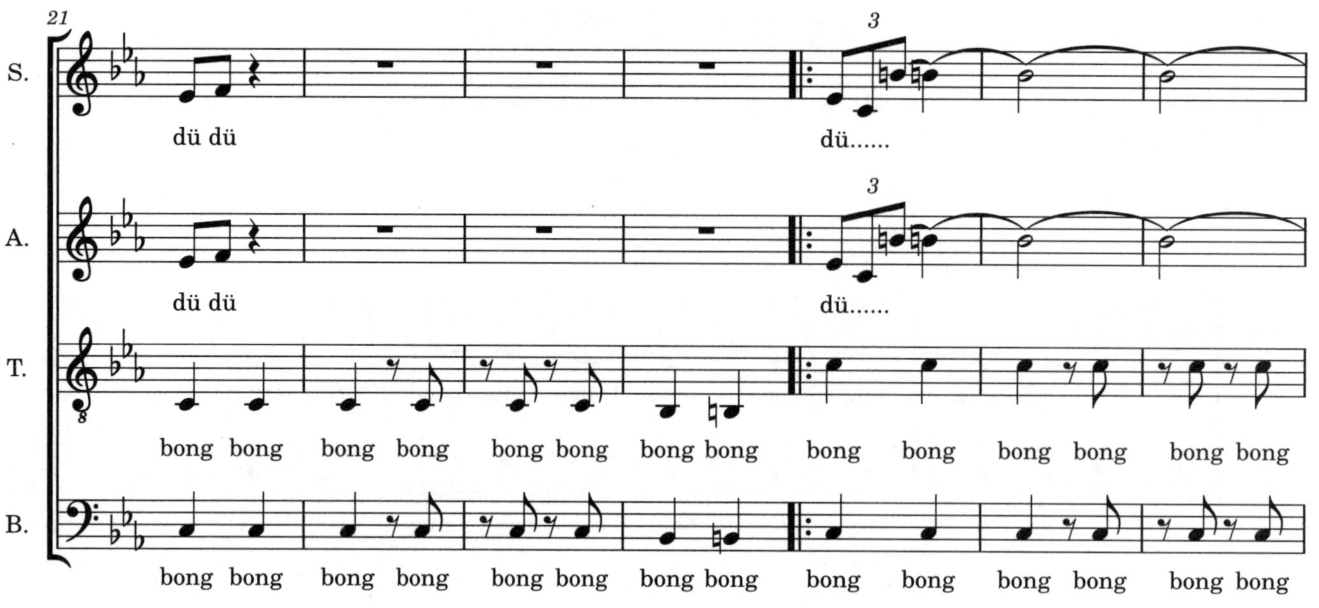
21
S.
dü dü
dü......
A.
dü dü
dü......
T.
bong bong bong bong bong bong bong bong bong bong bong bong bong bong
B.
bong bong bong bong bong bong bong bong bong bong bong bong bong bong

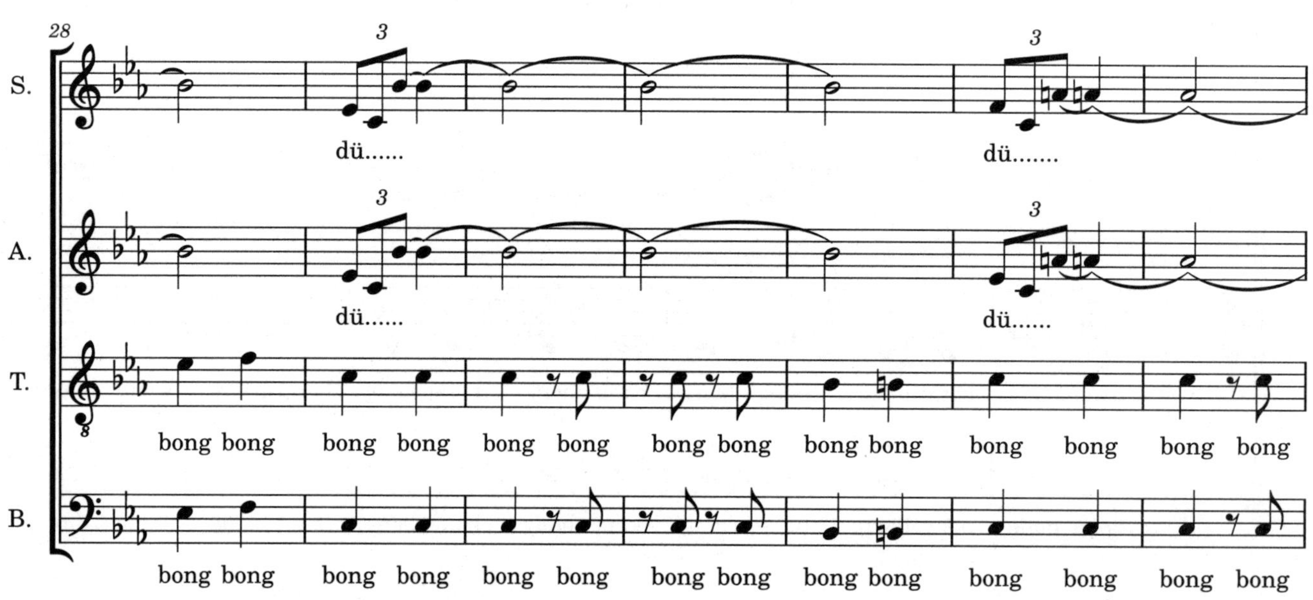
28
S.
dü......
dü.......
A.
dü......
dü......
T.
bong bong bong bong bong bong bong bong bong bong bong bong bong bong
B.
bong bong bong bong bong bong bong bong bong bong bong bong bong bong

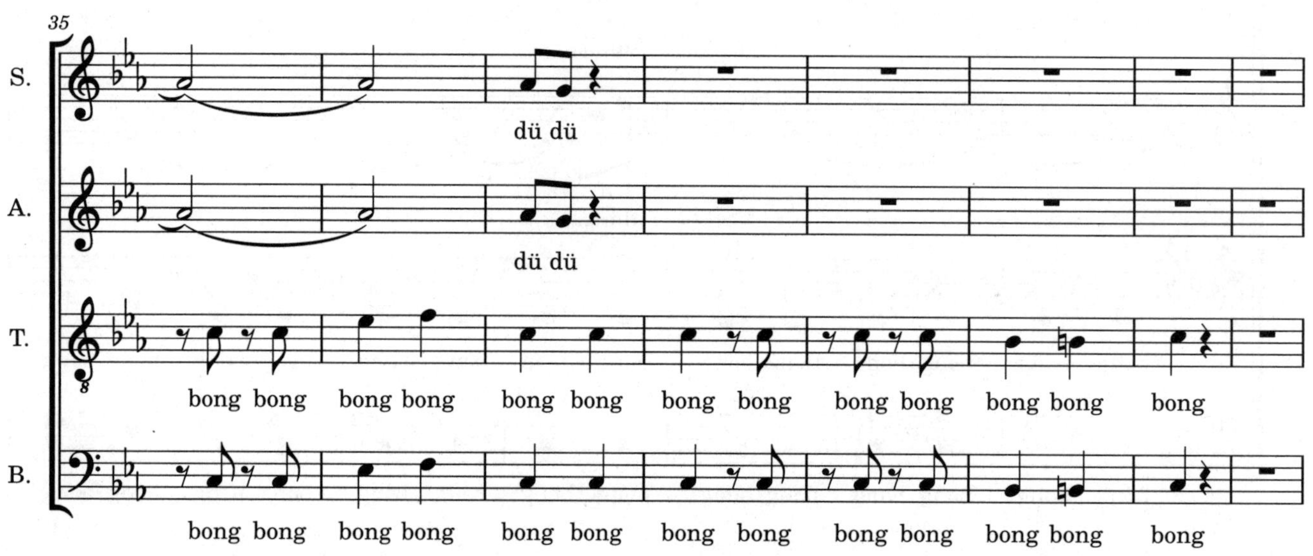
35
S.
dü dü
A.
dü dü
T.
bong bong bong bong bong bong bong bong bong bong bong bong bong
B.
bong bong bong bong bong bong bong bong bong bong bong bong bong

43
S.
1.眼 睛 瞪得 像 铜 铃， 射出闪 电般的 机 灵。 耳 朵
2.脚 步 迈得 多 轻 捷， 透出侦 探家的 精 明。 虎 视
A.
1.眼 睛 瞪得 像 铜 铃， 射出闪 电般的 机 灵。 耳 朵
2.脚 步 迈得 多 轻 捷， 透出侦 探家的 精 明。 虎 视
T.
1.眼 睛 瞪得 像 铜 铃， 射出闪 电般的 机 灵。 耳 朵
2.脚 步 迈得 多 轻 捷， 透出侦 探家的 精 明。 虎 视
B.
1.眼 睛 瞪得 像 铜 铃， 射出闪 电般的 机 灵。 耳 朵
2.脚 步 迈得 多 轻 捷， 透出侦 探家的 精 明。 虎 视
52
S.
竖得 像 天 线， 听着一切 可疑 的 声 音。
耽耽 查 敌 情， 留下威武 矫健 的 身 影。
A.
竖得 像 天 线， 听着一切 可疑 的 声 音。
耽耽 查 敌 情， 留下威武 矫健 的 身 影。
T.
竖得 像 天 线， 听着一切 可疑 的 声 音。
耽耽 查 敌 情， 留下威武 矫健 的 身 影。
B.
竖得 像 天 线， 听着一切 可疑 的 声 bong bong bong bong
耽耽 查 敌 情， 留下威武 矫健 的 身
60
S.
a…… …… …… 到处巡 行
A.
a…… …… …… 到处巡 行
T.
你磨快了 尖齿利爪 到处巡 行，
B.
bong bong bong bong bong bong 你磨快了 尖齿利爪 到处巡 行，

66
S.
a…… …… …… 生活安宁 啊哈 哈 哈哈哈 黑猫 警长！
A.
a…… …… …… 生活安宁 啊哈 哈 哈哈哈 黑猫 警长！
T.
你给我们 带 来了 生活安宁， 啊哈 哈 哈哈哈 黑猫 警长！
B.
你给我们 带 来了 生活安宁， 啊哈 哈 哈哈哈 黑猫 警长
75
啊哈 哈 哈哈哈 黑猫 警长！ 森林 公民 向你致敬 向你 致敬向
85
1.
2.
你 致 敬！ 致 敬！ dü……
你 致 敬 致 敬！ 黑 猫 警长
你 致 敬！ 致 敬！ bong bong bong bong bong bong bong bong
3

94
S.
dü...... dü......
A.
dü...... dü......
T.
黑 猫 警 长 黑 猫 警 长
B.
bong bong bong bong bong bong bong bong bong bong bong bong bong bong
101
S.
dü dü 啊 哈 哈
A.
dü dü 啊 哈 哈
T.
黑 猫 警 长 啊 哈 哈
B.
bong bong bong bong bong bong bong bong bong bong bong 啊 哈 哈
110
S.
哈 哈 哈 黑 猫 警 长！ 啊 哈 哈 哈 哈 哈 黑 猫 警 长！ 森 林 公 民
A.
哈 哈 哈 黑 猫 警 长！ 啊 哈 哈 哈 哈 哈 黑 猫 警 长！ 森 林 公 民
T.
哈 哈 哈 黑 猫 警 长！ 啊 哈 哈 哈 哈 哈 黑 猫 警 长！ 森 林 公 民
B.
哈 哈 哈 黑 猫 警 长 啊 哈 哈 哈 哈 哈 黑 猫 警 长！ 森 林 公 民

120
S.
向 你致 敬 向 你 致 敬 向 你 致 敬！
A.
向 你致 敬 向 你 致 敬 向 你 致 敬！ dü......
T.
向 你致 敬 向 你 致 敬 向 你 致 敬！ bong bong bong bong bong bong
B.
向 你致 敬 向 你 致 敬 向 你 致 敬！ bong bong bong bong bong bong

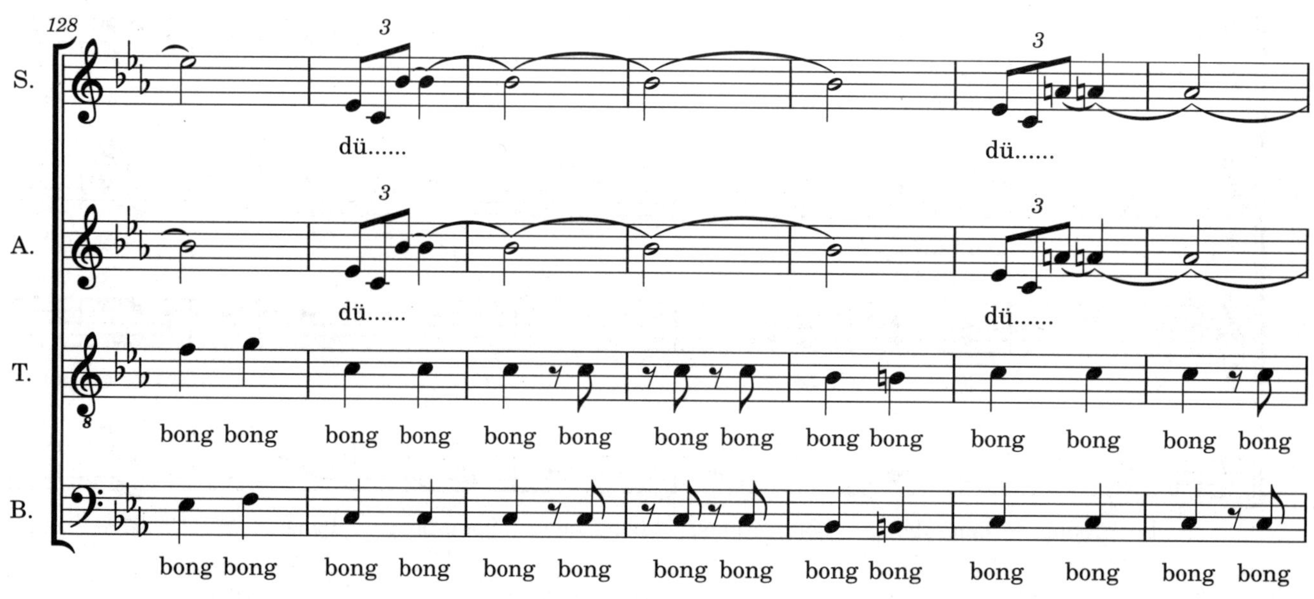
128
S.
dü...... dü......
A.
dü...... dü......
T.
bong bong bong bong bong bong bong bong bong bong bong bong bong bong
B.
bong bong bong bong bong bong bong bong bong bong bong bong bong bong

135
S.
dü dü
A.
dü dü
T.
bong bong bong bong bong bong bong bong bong bong bong bong bong
B.
bong bong bong bong bong bong bong bong bong bong bong bong bong

我要你

（混声合唱）

樊　冲　词　　曲
邢珊珊　改编合唱

13
S.
A.
T.
B.
妆，这夜的风儿吹 吹得心痒
bong bong bong bong bong bong bong bong bong bong bong bong bong
15
痒 我的姑娘，我在他乡 望着月
bong bong bong bong bong bong bong bong bong bong bong bong bong bong bong
17
wu shu shu du shu du
都怪这夜色 撩人的疯
亮。wu shu shu du shu du
bong bong bong bong bong bong bong bong bong bong bong bong

19
S.
shu shu du shu du shu shu du shu du
A.
狂， 都 怪 这 gui - tar 弹 得 太 凄
T.
shu shu du shu du shu shu du shu du
B.
bong bong bong bong bong bong bong bong bong bong bong bong bong
21
S.
shu 啊 shu du 哦 我 要 唱 着 歌 啊
A.
凉， 哦 我 要 唱 着 歌 默 默 把 你
T.
shu shu du shu du 啊
B.
bong bong bong bong bong bong bong bong bong bong bong bong bong bong
23
S.
我 的 情 郎 啊 你 在 何 方
A.
想 我 的 情 郎， 你 在 何 方 眼 看 天
T.
啊 你 在 何 方
B.
bong bong bong bong bong bong bong bong bong bong bong bong bong bong bong

25
S.
A.
T.
B.
眼看天亮。
亮。
bong bong bong bong bong bong bong bong bong bong bong bong
眼看天亮。
bong 送 你 美丽 的 衣 裳， 看
28
bong bong bong bong bong bong bong bong bong bong bong bong
你 对镜 贴 花 黄， 这 夜 色 太 紧
30
bong bong bong bong bong bong bong bong bong bong bong bong bong
张 时 间 太 漫 长 我 的 姑 娘， 你 在 何

32
S.
A.
T.
B.
啊
bong bong bong bong bong bong bong bong bong bong bong bong 啊 啊 啊 啊
方 眼 看 天 亮。
36
shu shu du shu du
啊 啊 啊 都 怪 这 夜 色 撩 人 的 疯
shu shu du shu du
bong bong bong bong bong bong bong
39
shu shu du shu du shu shu du shu du
狂， 都 怪 这 gui - tar 弹 得 太 凄
shu shu du shu du shu shu du shu du
bong bong bong bong bong bong bong bong bong bong bong bong bong bong

41
S.
A.
T.
B.
shu 啊 shu du 哦 我 要 唱 着 歌 啊
凉, 哦 我 要 唱 着 歌 默 默 把 你
shu shu du shu du 啊
bong bong bong bong bong bong bong bong bong bong bong bong bong bong
43
我 的 情 郎 啊 你 在 何 方
想 我 的 情 郎, 你 在 何 方 眼 看 天
啊 你 在 何 方
bong bong bong bong bong bong bong bong bong bong bong bong bong bong bong
45
我 要 美 丽 的 衣
亮。 我 要 美 丽 的 衣
我 要
bong bong bong bong bong bong bong bong bong bong bong bong

47
S.
裳，为你对镜贴花
A.
裳，为你对镜贴花
T.
美丽的衣裳，为你
B.
bong bong bong bong bong bong bong bong bong bong bong bong
49
S.
黄，这夜色太紧张时间太漫
A.
黄，这夜色太紧张时间太漫
T.
对镜贴花黄，张时间太漫
B.
bong bong bong bong bong bong bong bong bong bong bong bong bong
51
S.
长我的情郎，我在他乡望着月
A.
长我的情郎，我在他乡望着月
T.
长我的姑娘啊
B.
bong bong bong bong bong bong bong bong bong bong bong bong bong bong bong

53
S.
亮。
啊......
A.
亮。
啊......
T.
啊
B.
bong bong bong

被遗忘的时光

（男声合唱）

陈宏铭 词 曲
邢珊珊 改编合唱

14
T.1
忆 中 那 欢乐的 情 景， 慢 慢 地 浮现在 我的 脑 海。
T.2
忆 中 那 欢乐的 情 景， 慢 慢 地 浮现在 我的 脑 海。
B.1
wu wu 啊 啊 啊 那
B.2
dm dm dm dm dm dm dm dm 啊 啊 啊 那
18
T.1
缓 缓 飘 落 的 不 停 地 我 窗 啊
T.2
缓 缓 飘 落 的 小 雨， 不 停 地 打 在 我 窗， 啊
B.1
缓 缓 飘 落 的 小 雨， 不 停 地 打 在 我 窗， 只
B.2
缓 缓 飘 落 的 小 雨， 不 停 地 打 在 我 窗， 只
22
T.1
啊 回 想 过 去。 是
T.2
啊 回 想 过 去。 是
B.1
有 那 沉默无 语的 我， 不 时 地 回 想 过 去。
B.2
有 那 沉默无 语的 我， 不 时 地 回 想 过 去。

26
T.1
谁 在敲打我 窗， 是 谁 在撩动琴 弦， 记
T.2
谁 在敲打我 窗， 是 谁 在撩动琴 弦， 记
B.1
wu wu wu
B.2
wu wu wu wu
30
T.1
忆 中 那 欢乐的 情 景， 慢 慢 地 浮现在 我的 脑 海。
T.2
忆 中 那 欢乐的 情 景， 慢 慢 地 浮现在 我的 脑 海。
B.1
wu wu 啊
B.2
dm dm dm dm dm dm dm dm 啊
34
T.1
那缓 缓 飘 落 的 小 雨，
T.2
那缓 缓 飘 落 的 小 雨，
B.1
那 缓 缓 飘 落 的 小 雨， 不
B.2
那 缓 缓 飘 落 的 小 雨， 不

38
T.1
不停 打 在 我 窗。 啊 啊
T.2
不停 打 在 我 窗。 啊 啊
B.1
停 地 打 在 我 窗， 只 有 那 沉默不 语的 我， 不
B.2
停 地 打 在 我 窗， 只 有 那 沉默不 语的 我， 不
42
T.1
回 想 过 去。 是 谁 在敲 打 我 窗， 是
T.2
回 想 过 去。 是 谁 在敲 打 我 窗， 是
B.1
时 地 回 想 过 去。 wu wu
B.2
时 地 回 想 过 去。 wu wu
46
T.1
谁 在撩 动 琴 弦， 记 忆 中 那 欢 乐 的 情 景， 慢
T.2
谁 在撩 动 琴 弦， 记 忆 中 那 欢 乐 的 情 景， 慢
B.1
wu wu wu wu 慢
B.2
w wu wu wu 慢

50
rit.
T.1
慢 地 浮 现 在 我 的 脑 海。wu
T.2
慢 地 浮 现 在 我 的 脑 海。wu
B.1
慢 地 浮 现 在 我 的 脑 海。
B.2
慢 地 浮 现 在 我 的 脑 海。

爱你

（女声合唱）

潘　瑛　谈晓珍　陈思宇　作　词
Lee Young Min　作　曲
王　力　改编合唱

8
B
S.1
S.2
A.1
那是因为我 关心 常 常 想 你 说 的 话 是 不 是 别 有 用 心 明 明 很 想 相 信 却
A.2
那是因为我 关心 常 常 想 你 说 的 话 是 不 是 别 有 用 心 明 明 很 想 相 信 却
Pno.

12
S.1
Ho Oh…… Oh…… 爱 就 是 有 我 常 烦 着 你
S.2
在 你 的 心 里 我 是 否 就 是 唯 一 爱 就 是 有 我 常 烦 着 你
A.1
又 忍 不 住 怀 疑 在 你 的 心 里 我 是 否 就 是 唯 一 爱 就 是 有 我 常 烦 着 你
A.2
又 忍 不 住 怀 疑 Ho Oh…… Oh…… 爱 就 是 有 我 常 烦 着 你
Pno.

16
C
S.1
多说一 点 多看一 眼 让我
S.2
多说一 点 多看一 眼 让我
A.1
Ho Ba by 情话多说一 点 想 我就多看一 眼 表现多一点 点让我
A.2
Ho Ba by 情话多说一 点 想 我就多看一 眼 表现多一点 点让我
Pno.

20
S.1
能 真的看 Ho…… Oh…… Oh…… 一点 让我 心甘情
S.2
能 真的看 见 Oh Bye 少说一 点 想 陪你不只一 天 多 一点 让我 心甘情
A.1
能 真的看 见 Ah…… 不止那 一点 让我 心甘情
A.2
能 真的看 见 Ah…… 不止那 一点 让我 心甘情
Pno.

24
D
S.1
愿 爱你
S.2
愿 爱你
A.1
愿 爱你 喜欢
A.2
愿 爱你 喜欢
Pno.
29
E
S.1
ba ba ba ba ba ba ba ba ba ba ba ba
S.2
ba ba ba ba ba ba ba ba ba ba ba ba
A.1
在你的臂弯 里胡 闹 你的 世界 是一 座城 堡 在 大头贴 画 满心 号 贴在
A.2
在你的臂弯 里胡 闹 你的 世界 是一 座城 堡 在 大头贴 画 满心 号 贴在
Pno.

32
F
S.1
ba ba Ha…… Ah…… Ha…… 很想生 气 却
S.2
ba ba Ha…… Ah…… Ha…… 很想生 气 却
A.1
手机上对你 微笑 常常 想 我 说 的话你是 否听得进 去 明 明很想生 气 却
A.2
手机上对你 微笑 常常 想 我 说 的话你是 否听得进 去 明 明很想生 气 却
Pno.

36
S.1
又止不住笑 意 啦啦啦啦 啦啦 啦 啦啦啦 啦啦 爱 就是有我 常赖着
S.2
又止不住笑 意 啦啦啦啦 啦啦 啦 啦啦啦 啦啦 爱 就是有我 常赖着
A.1
又止不住笑 意 在 我的心 里 你 真的就是唯 一 爱 就是有我 常赖着
A.2
又止不住笑 意 在 我的心 里 你 真的就是唯 一 爱 就是有我 常赖着
Pno.

40
G
S.1
你 Ho Ba-by Ah 多说一 点 多看一 眼 啊让我
S.2
你 Ho Ba-by Ah 多说一 点 多看一 眼 啊让我
A.1
你 Ho Ba-by 情话多说一 点 想 我就多看一 眼 表现多一点 点让我
A.2
你 Ho Ba-by 情话多说一 点 想 我就多看一 眼 表现多一点 点让我
Pno.

44
S.1
能 真的看 见 Oh…… Oh…… 多 一点 让我 心甘情
S.2
能 真的看 见 Oh Bye 少说一 点 想 陪你不只一 天 多 一点 让我 心甘情
A.1
能 真的看 见 Ah…… 多说那 一点 让我 心甘情
A.2
能 真的看 见 Ah…… 多说那 一点 让我 心甘情
Pno.

48
H
S.1
愿 爱你
Ho……
Oh……
S.2
愿 爱你
Ho……
Oh……
A.1
愿 爱你 就这样 一天 多一点 慢慢地累 积感觉 两人 的世界
A.2
愿 爱你 就这样 一天 多一点 慢慢地累 积感觉 两人 的世界
Pno.

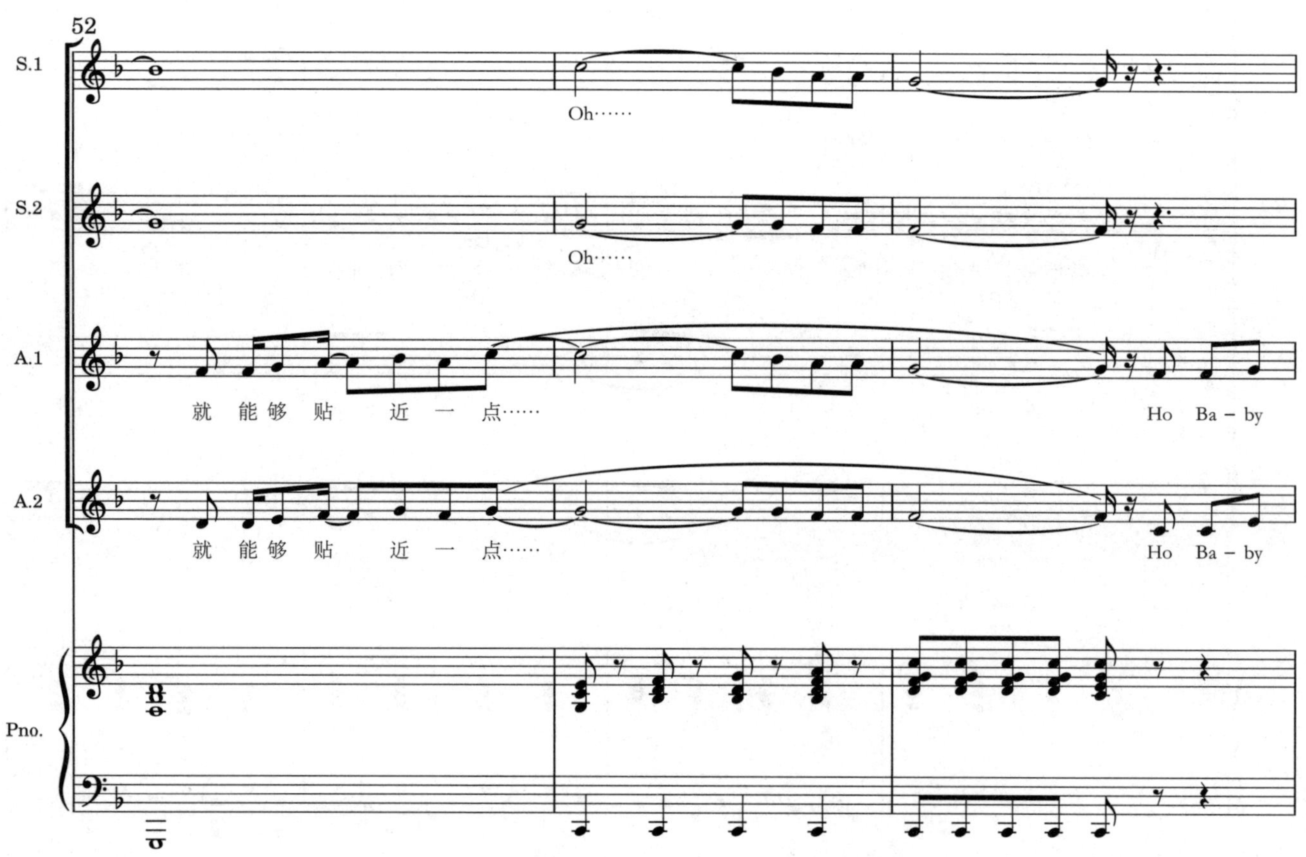
52
S.1
Oh……
S.2
Oh……
A.1
就能够贴 近一点……
Ho Ba - by
A.2
就能够贴 近一点……
Ho Ba - by
Pno.

55
I
S.1
ba ba ba ba du ba ba ba ba ba du ba ba ba ba ba
S.2
ba ba ba ba du ba ba ba ba ba du ba ba ba ba ba
A.1
情 话 多 说一 点 想 我 就 多 看一 眼 表 现 多 一点 点 让 我
A.2
情 话 多 说一 点 想 我 就 多 看一 眼 表 现 多 一点 点 让 我
Pno.

58
S.1
啦 啦 啦 啦 啦 啦 ba ba ba ba du ba ba ba ba ba du ba
S.2
啦 啦 啦 啦 啦 啦 ba ba ba ba du ba ba ba ba ba du ba
A.1
能 真 的 看 见 Oh Bye 少 说一 点 想 陪 你 不 只 一 天 多
A.2
能 真 的 看 见 Ah…… 多 说 那
Pno.

61
J
Clap
S.1
一点 让我 心甘情 愿 爱你 Ho Ba-by 情话多说一 点 想 我就多看一 眼
S.2
一点 让我 心甘情 愿 爱你 Ho Ba-by 情话多说一 点 想 我就多看一 眼
A.1
一点 让我 心甘情 愿 爱你 Ho Ba-by 情话多说一 点 想 我就多看一 眼
A.2
一点 让我 心甘情 愿 爱你 Ho Ba-by 情话多说一 点 想 我就多看一 眼
Pno.
65
Clap
S.1
表现多一点 点让我 能 真的看 见 啦啦啦啦 啦 啦啦啦 啦啦啦 啦 啦啦啦
S.2
表现多一点 点让我 能 真的看 见 啦啦啦啦 啦 啦啦啦 啦啦啦 啦 啦啦啦
A.1
表现多一点 点让我 能 真的看 见 Oh Bye 少说一 点 想 陪你不只一 天 多
A.2
表现多一点 点让我 能 真的看 见 Oh Bye 少说一 点 想 陪你不只一 天 多
Pno.

69
K
S.1
一点 让我 心甘情 愿 爱你 多 一点 才会 慢慢发 现 因
S.2
一点 让我 心甘情 愿 爱你 多 一点 才会 慢慢发 现 因
A.1
一点 让我 心甘情 愿 爱你 多 一点 才会 慢慢发 现 因
A.2
一点 让我 心甘情 愿 爱你 多 一点 才会 慢慢发 现 因
Pno.

73
S.1
为 你 让 我 心 甘 情 愿
S.2
为 你 让 我 心 甘 情 愿
A.1
为 你 让 我 心 甘 情 愿
A.2
为 你 让 我 心 甘 情 愿
Pno.

后 来

（女声合唱）

施 人 诚　作　词
玉城千春　作　曲
曹 司 琪　改编合唱

21
I
II
III
的夜 晚 仲 夏 你吻 我 的 那个 夜晚, 让我往后的时
那个永 恒的夜 晚, 十七岁仲 夏 你吻 我 的 那个 夜晚, 让我往后的时
那个永 恒的夜 晚, 十七岁仲 夏 你吻 我 的 那个 夜晚, 啊 的时
26
3
光 每当有感 叹, 总想起 当天的 星光。 wu
光 每当有感 叹, 总想起 当天的 星光。 那时候 的爱情
光 每当有感 叹, 总想起 当天的 星光。 那时候 的爱情
31
wu 为什 么 年 少
为什么 就能那 样简单 而 又是为什么 人 年 少时,
为什么 就能那 样简单 而 又是为什么 人 年 少时 年少
35
时, 一 定 要 让 深 爱 的人受伤啊 深 夜 里 一
一 定 要 让 深 爱 的人受 伤。 在 这 相 似 的 深 夜 里 你是否一
时 啊 在 这 相 似 的 深 夜 里 你是否一

39
I
样 也在 静 静 追悔 感 伤，如果当时我们 能 不那么倔
II
样 也在 静 静 追悔 感 伤，如果当时我们 能 不那么倔
III
样 也在 静 静 追悔 感 伤，wu 我们 能 不那么倔
43
I
强，现在也 不那么 遗憾。 wu 很 沉默 这些年
II
强，现在也 不那么 遗憾。你都 如何回忆我，带着笑 或是很沉默，这些年
III
强，现在也 不那么 遗憾。你都 如何回忆我，带着笑 很 沉默，这些年
3
mf
f
47
I
来 有没有人能让你 不寂寞。后 来 我总算学会 了 如何去
II
来 有没有人能让你 不寂寞。后 来 我总算学会 了 如何去爱，可惜
III
来 有没有人能让你 不寂寞。后 来 我总算学会 了 如何去爱，可惜
51
I
爱，啊
II
你 早 已 远 去 消 失
III
你 早 已 远 去 消 失

52
I
消 失 在 人 海 啊 中 明 白 有些 人 一旦错过就 不 在。 后
II
在人海， 后 来 终于在眼泪 中 明 白， 有些 人 一旦错过就 不 在。 后
III
在人海， 后 来 终于在眼泪 中 明 白， 有些 人 一旦错过就 不 在。 后
57
I
来 我 总 算 学 会 了 如 何 去爱， 可惜 你 早已远去 消 失 在 人海。 后
II
来 我 总 算 学 会 了 如 何 去爱， 可惜 你 早已远去 消 失 在 人海。 后
III
来 我 总 算 学 会 了 如 何 去爱， 可惜 你 早已远去 消 失 在 人海。 后
61
I
来 终于在眼泪 中 明 白， 有些 人 一旦错过就 不 在。 再
II
来 终于在眼泪 中 明 白， 有些 人 一旦错过就 不 在。 永 远 不 会 再
III
来 终于在眼泪 中 明 白， 有些 人 一旦错过就 不 在。 永 远 不 会 再
66
I
重 来， 有一 个 男孩 爱 着 那个 女 孩。 mp wu
II
重 来， 有一 个 男孩 爱 着 那个 女 孩。 mp wu
III
重 来， 有一 个 男孩 爱 着 那个 女 孩。 mp wu

攀登者

电影《攀登者》同名主题曲

（混声合唱）

王　备　作　　曲
陈　涛　作　　词
邢珊珊　改编合唱

14
S.
每 寸冰 霜 每 寸锋 芒, 每 一步都是信 仰, 往 来 绝壁
A.
啊 啊 啊
T.
啊 啊 啊 啊
B.
啊 啊 啊 啊 啊 啊 啊 啊 啊
Pno.

19
S.
那道 天梯, 可以 是我 的肩 膀。 啊 喜马 拉 雅
A.
啊 啊 喜马 拉 雅
T.
啊 啊 啊 喜马 拉 雅
B.
啊 啊 啊 啊 啊 啊 尼 訇 玛尼訇
Pno.

24
S.
暴风雪故乡， 她正 在 等 我前 往， 不 必 是我
A.
啊 正在等我前 往 啊
T.
暴风雪故乡， 她正 在 等 我前 往， 啊
B.
尼 匍 玛尼匍 尼 匍 玛尼匍 尼 匍 玛尼匍 啊
Pno.
28
S.
登 上 绝 顶， 脚 下 群 山 仰 望。 啊……
A.
啊 啊 啊 啊……
T.
啊 啊 啊 啊
B.
啊 啊 啊
Pno.

31
S.
A.
T.
B.
尼 旬 玛 尼 旬 尼 旬 玛 尼 旬
Pno.
33
S.
啊......
A.
啊......
T.
啊......
B.
尼 旬 玛 尼 旬 尼 旬 玛 尼 旬
Pno.

35
S.
A.
T.
B.
尼 訇 玛 尼 訇 尼 訇 玛 尼 訇
Pno.
37
S.
A.
T.
B.
尼 訇 玛 尼 訇 尼 訇 玛 尼 訇
Pno.

39
S.
e fu las te fu ta ta in jas te fu ta
A.
每 寸冰 霜 每 寸锋 芒,
T.
每 寸冰 霜 每 寸锋 芒,
B.
哞 e fu las te fu ta ta in jas te fu ta
Pno.
42
S.
las te fu la ta in jas te in la jas te
A.
每 一步 都 是 信 仰,
T.
每 一步 都 是 信 仰,
B.
las te fu la ta in jas te in la jas te
Pno.

44
S.
las te fu in jas te in fu las te fu ta
A.
往 来 绝 壁 那 道 天 梯,
T.
往 来 绝 壁 那 道 天 梯,
B.
las te fu in jas te in fu las te fu ta
Pno.
46
S.
ta in jas ta tu ta las te fu la tu in
A.
可 以 是 我 的 肩 膀。
T.
可 以 是 我 的 肩 膀。
B.
ta in jas ta tu ta las te fu la tu in
Pno.

48
S.
啊 喜马 拉 雅 暴 风 雪 故 乡， 她 正
A.
啊 喜马 拉 雅 暴 风 雪 故 乡， 她 正
T.
啊 啊 啊 雪 故 乡
B.
啊 尼 尼訇玛 尼訇玛 尼 訇 尼 尼訇玛 尼訇玛 尼 訇
Pno.
51
S.
在 等 我前 往， 不 必 是我 登 上绝 顶，
A.
在 等 我前 往， 不 必 是我 登 上绝 顶，
T.
啊 前 往 啊 啊
B.
尼 尼訇玛 尼訇玛 尼 訇 尼 尼訇玛 尼訇玛 尼 訇 啊 啊
Pno.

55
S.
ff
脚 下 群 山 仰 望。 哎
A.
ff
脚 下 群 山 仰 望。 哎
T.
cresc.
ff
脚 下 群 山 群 山 仰 望 哎
B.
ff
啊 啊 哎
Pno.
58
S.
哎
A.
哎
T.
哎
B.
哎
Pno.

61
S.
喜 马 拉 雅 暴 风 雪 中 央， 啊 一 生 一 世 两 难 忘， 必
A.
啊 喜 马 拉 雅， 啊 两 难 忘，
T.
喜 马 拉 雅 暴 风 雪 中 央， 啊 一 生 一 世 两 难 忘， 必
B.
喜 马 拉 雅 喜 马 拉 雅 喜 马 拉 雅 喜 马 拉 雅
Pno.
65
S.
定 有 我 登 上 绝 顶， 只 为 国 旗 飘 扬。 必 定 有 我
p
A.
啊 必 定 有 我， 登 上 绝 顶， 国 旗 飘 扬。 必 定 有 我
p
T.
定 有 我 登 上 绝 顶 只 为 国 旗 飘 扬
B.
啊 必 定 有 我， 登 上 绝 顶 只 为 国 旗 飘 扬。
Pno.

70
rit
dim.
S.
登上 绝顶，只为国旗 飘 扬。
A.
登上 绝顶，只为国旗 飘 扬。
T.
哞
B.
哞
Pno.

诺 言

（混声合唱）

李俊伟 作 词
阿 蹦 作 曲
阿 蹦 邢珊珊 改编合唱

16
S.
当
A.
mf
承 诺 流 年 开 遍
T.
mf
一句承诺 经 得 起 多少流年， 从战火 纷 飞 到 鲜 花 开 遍。
B.
当
Pno.

20
S.
你 我 又 见 盛 世 的 欢 颜， 可 曾 记 得 那 艘 南 湖 的 红 船。
A.
你 我 又 见 欢 颜 记 得 那 艘 南 湖 的 红 船。
T.
那 红 船。
B.
你 我 又 见 盛 世 的 欢 颜， 可 曾 记 得 南 湖 的 红 船。
Pno.

24
S.
A.
T.
B.
Pno.
那是发自心底的诺言，一百年都未曾改变。初心恒久，
那是发自心底的诺言，一百年都未曾改变。初心恒久，
心底的诺言。未曾改变。
心底的诺言。未曾改变。

29
S.
A.
T.
B.
Pno.
沧海桑田，人民才是至上的天，至上的天。
沧海桑田，人民才是至上的天，至上的天。
人民才是至上的天，至上的天。
才是至上的天。

33
S.
一种信任 经得起
A.
一种信任 经得起
T.
信 任
B.
信 任
Pno.
36
S.
多少考验， 从夜幕 沉沉 到朝霞 满 天。 时
A.
多少考验， 从夜幕 沉沉 到朝霞 满 天。 时
T.
考 验 沉 沉 朝霞 满 天。 当 你我 听见 时
B.
考 验 沉 沉 朝霞 满 天。 当 你我 听见 时
Pno.

40
S.
A.
T.
B.
Pno.
代的呐喊，可曾记得服务人民的诺言。啊
代的呐喊，可曾记得服务人民的诺言。
代的呐喊，可曾记得服务人民的诺言。那是发自
代的呐喊，可曾记得服务人民的诺言。那是发自
7
44
常铭刻心间。风雨如
心底诺言，百年常铭刻心间。啊
心底的诺言，一百年常铭刻心间。追梦路上风雨如磐，人民
心底的诺言，一百年常铭刻心间。追梦路上风雨如磐，人民

49
S.
磐， 就是 万里 江 山。 那 是 发 自 心底的诺言，
A.
就 是万 里 江 山。 那 是 发 自 心底的诺言，
T.
就 是 万里 江 山。 心底的诺
B.
就 是 万里 江 山。 那 是 发 自 心底的诺言，
Pno.
53
S.
一 百年都 未 曾 改 变。 初 心 恒 久，
A.
一 百年都 未 曾 改 变。 初 心 恒 久，
T.
言 啊 初 心 恒 久，
B.
一 百年都 未 曾 改 变。 初 心 恒 久，
Pno.

56
S.
沧 海 桑 田，人 民 才 是 至 上 的 天， 至 上 的
A.
沧 海 桑 田，人 民 才 是 至 上 的 天， 至 上 的
T.
沧 海 桑 田，人 民 才 是 至 上 的 天， 至 上 的
B.
沧 海 桑 田，人 民 才 是 至 上 的 天， 至 上 的
Pno.
59
S.
天。
A.
天。
T.
天。
B.
天。
Pno.
1.
2.
mp
p
8

66
S.
A.
T.
B.
Pno.
mp
一句承诺，
一种信任。
从战火
一句承诺，
一种信任。
一句承诺，
一种信任。
一句承诺，
一种信任。

68
S.
A.
T.
B.
Pno.
纷飞 到鲜花 开遍。
多少流年，
啊
多少流年，
啊
多少流年，
鲜花开遍。
多少流年，

71
S.
多少考验。
满 天。
A.
多少考验。
到 朝 霞 满 天。
T.
多少考验。
从夜幕 沉沉 到朝霞 满天。 当
B.
多少考验。
满 天。
Pno.
74
S.
mf
可曾 记得 那艘南 湖 的红 船。
A.
见 盛 世 的 欢颜，
mf
那 艘 红 船。
T.
你我 又见 盛 世的 欢颜，
mf
那 艘 红 船。
B.
mf
可曾 记得 那艘南 湖 的红 船。
Pno.

78
S.
拉 钩 上 吊 一百年不许变。
A.
拉 钩 上 吊 一百年不许变。
T.
mp
那 是 发 自 心底的诺言，
追 梦 路 上
B.
mp
那 是 发 自 心底的诺言，
追 梦 路 上
Pno.
mp
83
S.
拉 钩 上 吊， 一百年不许变。
f
那是发自
A.
拉 钩 上 吊， 一百年不许变。
f
那是发自
T.
风雨如 磐，人民 就 是 万里 江 山。
f
拉钩上吊
B.
风雨如 磐。人民 就 是 万里 江 山。
f
拉钩上吊
Pno.
7
f

88
S.
心底的诺言，一百年都未曾改变。初心恒久，沧海桑田，人民
A.
心底的诺言，一百年都未曾改变。初心恒久，沧海桑田，人民
T.
一百年不许变，拉钩上吊一百年不许变。拉钩上吊一百年不许变，
B.
一百年不许变，拉钩上吊一百年不许变。拉钩上吊一百年不许变，
Pno.
93
S.
才是至上的天。
ff
拉钩上吊一百年不许变，拉钩上吊
A.
才是至上的天。
ff
那是发自心底的诺言，一百年常铭
T.
拉钩上吊一百年不许变。
ff
那是发自心底的诺言，一百年常铭
B.
拉钩上吊一百年不许变。
ff
心底的诺言，不变的诺言。一百年常
Pno.

98
S.
一百年不许变。 拉 钩 上 吊，一百年 不许变。 拉 钩 上 吊， 一百年不许变。
A.
刻 心间。 追 梦 路 上，风雨如 磐，人民 就 是 万里 江 山。
T.
刻 心间。 追 梦 路 上，风雨如 磐，人民 就 是 万里 江 山。
B.
铭刻 在心间。 追梦 路 上， 风雨 如 磐， 就 是万里 江 山。
Pno.
103
ff
S.
拉 钩 上 吊， 一 百 年 不 许 变。
ff
A.
拉 钩 上 吊， 一 百 年 不 许 变。
rit.
f
T.
万 里 江 山， 一 百 年 不 许 变。
ff
B.
拉 钩 上 吊， 一 百 年 不 许 变。
Pno.
f
ff

线 圈

（混声合唱）

邢珊珊 词 曲
邢珊珊 改编合唱

9
S.
的 话 语。看 见 你， 化 成 你， 生 命 之 树 长 满
A.
爱 的 话 语。 看见你， 化 成 你， 生 命 之 树 长 满
T.
B.
Pno.
13
S.
我 爱 的 花 园 里。
A.
我 爱 的 花 园 里。
T.
B.
Pno.

16
S.
A.
T.
橱窗 外 一瞬 间 我
B.
Pno.
20
S.
A.
T.
开始凝望 你， 透 过 那 朦胧的玻 璃 感受 你 的 美 丽。 遇 见 你，
B.
遇 见 你， 迷
Pno.

24
S.
A.
T.
B.
Pno.
迷上 你， 线圈 装满 爱的 甜蜜。 找寻你， 化
上 你 小小 的线圈 装满 爱 的 甜 蜜。 找 寻 你， 化
28
成 你， 梦想 翅膀 我爱的 生命 里。
成 你， 梦想 翅 膀 长在 我爱的 生命 里。

32
S.
A.
T.
B.
我 们
我 们
我 们
Pno.
35
mp
mf
mf
mf
啦 啦
飞 过 高 山 越 过 海 洋, 化
飞 过 高 山 越 过 海 洋, 化
飞 过 高 山 越 过 海 洋, 化

37
S.
啦 啦
A.
成 一朵朵白 云 绽放 爱 的 笑 脸。
T.
成 一朵朵白 云 绽放 爱 的 笑 脸。
B.
成 一朵朵白 云 绽放 爱 的 笑 脸。
Pno.
39
S.
遇 见 你， 拥 抱 你， 看 见 你， 化 成 你。
A.
遇 见 你， 拥 抱 你， 看 见 你， 化 成 你。
T.
啦 啦
B.
遇 见 你， 拥 抱 你， 看 见 你， 化 成 你。
Pno.

41
S.
啦 啦 啦 啦 啦 啦 啦 啦 啦 啦 啦 啦 啦 啦 啦 啦
A.
啦 啦 啦 啦 啦 啦 啦 啦 啦 啦 啦 啦 啦 拉 啦 啦
T.
啦 啦
B.
啦 啦 啦 啦 啦 啦 啦 啦 啦 啦 啦 啦 啦 啦 啦 啦
Pno.
43
S.
啦 啦
A.
f
啦 我 们 飞 过 高 山 越 过 海 洋， 化
T.
f
啦 我 们 飞 过 高 山 越 过 海 洋， 化
B.
f
啦 我 们 飞 过 高 山 越 过 海 洋， 化
Pno.

45
S.
A.
T.
B.
Pno.
啦 啦
成 一朵朵白 云 绽放 爱 的 笑 脸。
成 一朵朵白 云 绽放 爱 的 笑 脸。
成 一朵朵白 云 绽放 爱 的 笑 脸。
47
遇见你， 拥抱你， 看见你， 化成你。
遇见你， 拥抱你， 看见你， 化成你。
啦 啦啦啦 啦啦啦 啦啦啦啦啦啦 啦 啦啦啦 啦啦啦 啦啦啦啦啦啦
遇见你， 拥抱你， 看见你， 化成你。

49
S.
啦啦啦 啦 啦啦啦 啦 啦啦啦 啦 啦啦啦 啦 啦
A.
啦啦啦 啦 啦啦啦 啦 啦啦啦 啦 啦啦啦 啦 啦
T.
啦 啦啦啦啦啦啦啦 啦啦啦啦啦啦 啦啦啦啦啦啦啦啦啦 啦
B.
啦啦啦 啦 啦啦啦 啦 啦啦啦 啦 啦啦啦 啦 啦
Pno.
52
mf
S.
飞 过 高 山， 越 过 海 洋， 你 的 微 笑 是 最 温 暖 的 陪
A.
飞 过 高 山， 越 过 海 洋， 你 的 微 笑 是 最 温 暖 的 陪
T.
B.
Pno.

56
S.
伴。
A.
伴。
T.
啦 啦
B.
啦 啦
Pno.

我乘着风飞过来

（混声合唱）

万　秦　作　　词
李智平　作　　曲
邢珊珊　改编合唱
王　力　钢伴编配

11
S.
A.
T.
星天外，
暴风雨洗净我心中阴霾，
B.
星天外，
暴风雨洗净我心中阴霾，
Pno.
14
S.
A.
T.
对世界无限热爱忍不住摇摆。
B.
对世界无限热爱忍不住摇摆。
Pno.

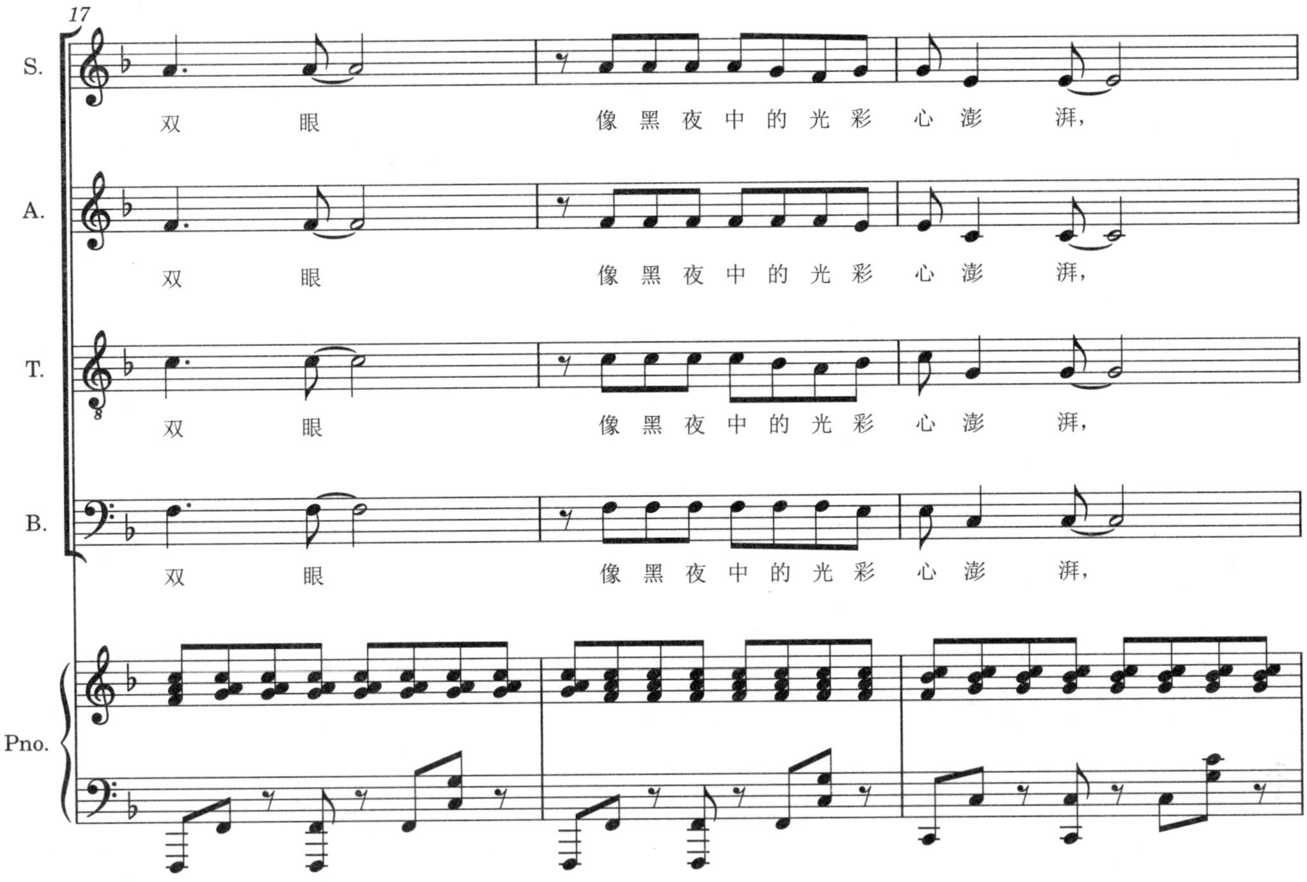
17
S.
双 眼 像黑夜中的光彩 心 澎 湃，
A.
双 眼 像黑夜中的光彩 心 澎 湃，
T.
双 眼 像黑夜中的光彩 心 澎 湃，
B.
双 眼 像黑夜中的光彩 心 澎 湃，
Pno.

20
S.
我追随梦想在这 新 时 代， 就
A.
我追随梦想在这 新 时 代， 就
T.
我追随梦想在这 新 时 代， 就
B.
我追随梦想在这 新 时 代， 就
Pno.

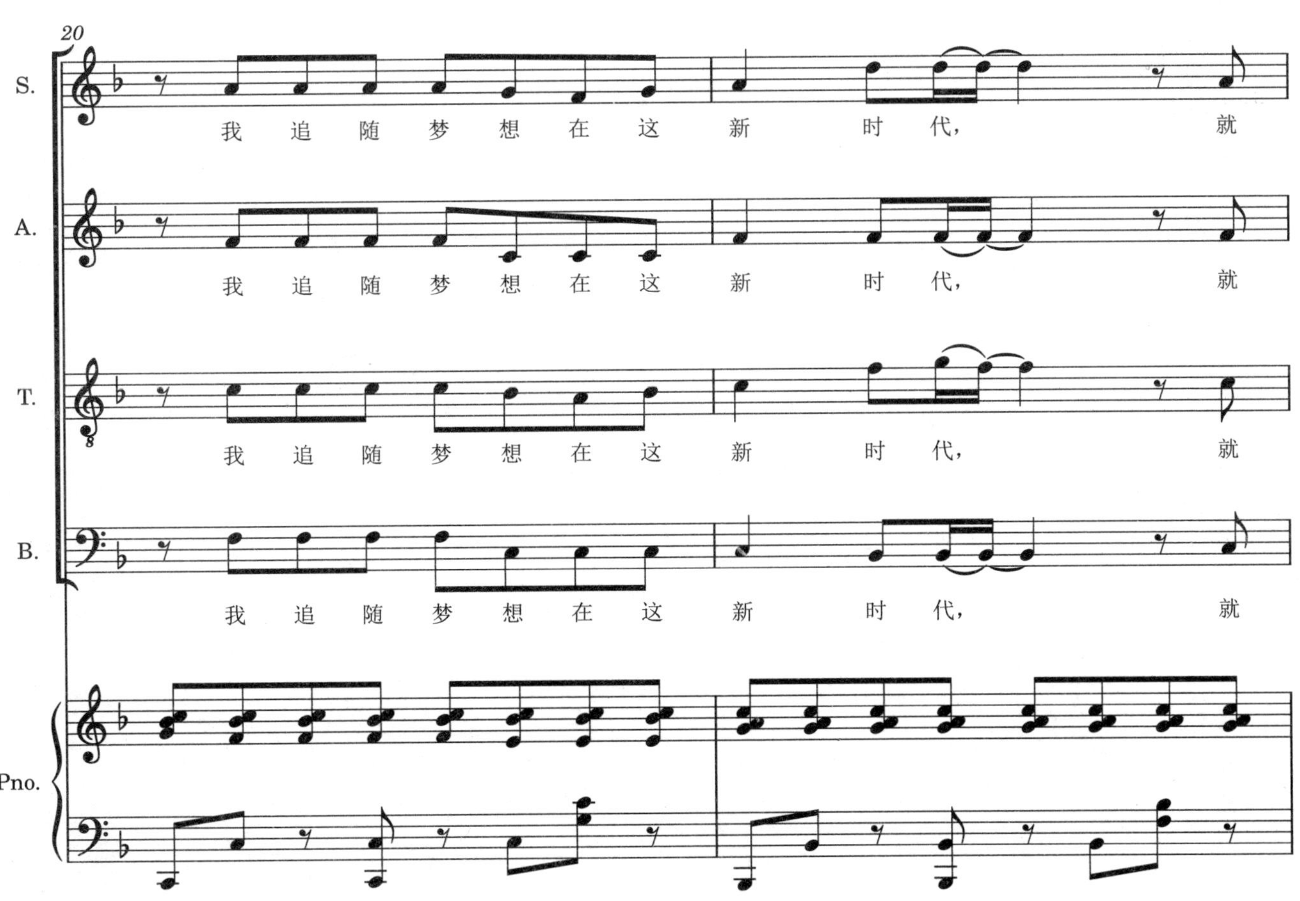

22
S.
不 要 徘 徊 快 跳 动 起 来。
呜......
A.
不 要 徘 徊 快 跳 动 起 来。
呜......
T.
不 要 徘 徊 快 跳 动 起 来。
耶......
B.
不 要 徘 徊 快 跳 动 起 来。
耶......
Pno.

26
S.
呜......
呜
A.
呜......
呜
T.
啊
耶......
耶......
呜
B.
啊
耶......
耶......
呜
Pno.

31
S.
A.
T.
B.
Pno.
我乘着风飞过来，
我乘着风飞过来，
我乘着风飞过来，
我乘着风飞过来，
34
征途是星辰和大海，在极限
征途是星辰和大海，在极限
征途是星辰和大海，在极限
征途是星辰和大海，在极限

37
S.
高空万众期待，越飞越高把翅膀张
A.
高空万众期待，越飞越高把翅膀张
T.
高空万众期待，越飞越高把翅膀张
B.
高空万众期待，越飞越高把翅膀张
Pno.
40
1.
2.
S.
开。我乘着开。
A.
开。我乘着开。
T.
开。我乘着开。
B.
开。我乘着开。
Pno.

44
S.
A.
T.
B.
Pno.
48
S.
双
眼
A.
双
眼
T.
双
眼
B.
双
眼
Pno.

51
S.
像黑夜中的光彩心澎湃，我追随梦想在这
A.
像黑夜中的光彩心澎湃，我追随梦想在这
T.
像黑夜中的光彩心澎湃，我追随梦想在这
B.
像黑夜中的光彩心澎湃，我追随梦想在这
Pno.
54
S.
新时代，就不要徘徊快跳动起来。
A.
新时代，就不要徘徊快跳动起来。
T.
新时代，就不要徘徊快跳动起来。
B.
新时代，就不要徘徊快跳动起来。
Pno.

57
S.
A.
T.
B.
呜......
呜......
呜......
呜......
耶......
啊
耶......
耶......
啊
耶......
Pno.
62
呜
我 乘 着
呜
我 乘 着
耶......
呜
我 乘 着
耶......
呜
我 乘 着
Pno.

66
S.
风 飞 过 来， 征途是星 辰 和 大 海，
A.
风 飞 过 来， 征途是星 辰 和 大 海，
T.
风 飞 过 来， 征途是星 辰 和 大 海，
B.
风 飞 过 来， 征途是星 辰 和 大 海，
Pno.
69
S.
在极限高空 万众 期 待， 越飞越
A.
在极限高空 万众 期 待， 越飞越
T.
在极限高空 万众 期 待， 越飞越
B.
在极限高空 万众 期 待， 越飞越
Pno.

72
S.
A.
T.
B.
高 把 翅 膀 张 开。 我 乘 着
Pno.
74
f
风 飞 过 来， 征 途 是 星 辰 和 大 海，

77
S.
A.
T.
B.
Pno.
在极限 高空 万众 期待，越飞越 高 把翅 膀张
在极限 高空 万众 期待，越飞越 高 把翅 膀张
在极限 高空 万众 期待，越飞越 高 把翅 膀张
在极限 高空 万众 期待，越飞越 高 把翅 膀张

81
1.
2.
S.
A.
T.
B.
Pno.
开。 我乘着 开。
开。 我乘着 开。
开。 我乘着 开。
开。 我乘着 开。

我的未来不是梦

（混声合唱）

翁孝良 作 曲
陈家丽 作 词
邢珊珊 改编合唱

13
S.
A.
T.
B.
因为
因为
你是不是像我曾经茫然失措，一次一次徘徊在十字街头。
你是不是像我曾经茫然失措，一次一次徘徊在十字街头。
17
我不在乎，别人怎么说，我从来没有忘记我对
我不在乎，别人怎么说，忘记我
不在乎 怎么说 我从来没有忘记我对
不在乎 怎么说 啊
20
f
Allegretto
自己的承诺，对爱的执着。我知道我的未来不是梦，我
自己的承诺，对爱的执着。我知道我的未来不是梦，我
自己的承诺，对爱的执着。我知道我的未来不是梦，我
的承诺 对爱的执着。我知道我的未来不是梦，我

26
S.
认真地过每一分钟，我的未来不是梦，我的心跟着希望在动。
A.
认真地过每一分钟，我的未来不是梦，我的心跟着希望在动。哦
T.
认真地过每一分钟，我的未来不是梦，我的心跟着希望在动。哦
B.
认真地过每一分钟，我的未来不是梦，我的心跟着希望在动。

32
S.
我的未来不是梦，我认真地过每一分钟，我的未来不是梦，我的
A.
我的未来不是梦，我认真地过每一分钟，我的未来不是梦，我的
T.
我的未来不是梦，我认真地过每一分钟，我的未来不是梦，我的
B.
我的未来不是梦，我认真地过每一分钟，我的未来不是梦，我的

38
♩= 98
Allegro
S.
心跟着希望在动，跟着希望在动。
A.
心跟着希望在动，跟着希望在动。
T.
心跟着希望在动，跟着希望在动。
B.
mp
心跟着希望在动，跟着希望在动。我们的未来不是

47
cresc.
f
S.
A.
T.
B.
我们 的 未来不是 梦， 我们 的 未来不是 梦，因为
我们 的 未来不是 梦， 我们 的 未来不是 梦， 我们 的 未来不是 梦，因为
我们 的 未来不是 梦，因为
梦， 我们 的 未来不是 梦， 我们 的 未来不是 梦， 我们 的 未来不是 梦，因为
54
1.
2.
我 我不在乎 人怎么 说 从未忘记 我对自 己 生的承诺 爱的执 着。 着。我们
我 我不在乎 人怎么 说 从未忘记 我对自 己 生的承诺 爱的执 着。 着。我们
我 我不在乎 人怎么 说 从未忘记 我对自 己 生的承诺 爱的执 着。 着。
我 我不在乎 人怎么 说 从未忘记 我对自 己 生的承诺 爱的执 着。 着。
59
cresc.
的 未来不 是 梦， 我们的 未 来 不 是梦，因为
的 未来不 是 梦， 我们的 未 来 不 是梦，因为
我们的 未 来 不 是梦，我们 的 未来不 是 梦， 因为
我们的 未 来 不 是梦，我们 的 未来不 是 梦， 因为

(cresc.)
S.
A.
T.
B.
我 我不在乎 人怎么 说 从未忘记 我对自 己 生的承诺 爱的执 着。
f
♩= 68
Andante
mp
你是不是 像我 在 太阳 下 低头，
你是不是 像我 就算受 了 冷漠，
你是不是 像我 整天忙 着 追求，
你是不是 像我 曾经茫 然 失措，
呜……
因为

77
S.
没有忘 记 对 爱的 执 着。 啊
A.
没有忘 记 对 爱的 执 着。 啊
T.
我 不在乎 别人怎么说， 没有忘 记 对 爱的 执 着。 啊
B.
我 不在乎 别人怎么说， 没有忘 记 对 爱的 执 着。 啊

84
f
♩= 132
Allegretto
S.
我知道 我的未来不 是梦， 我 认真地过每一分钟， 我的未来不 是梦，
A.
f
我知道 我的未来不 是梦， 我 认真地过每一分钟， 我的未来不 是梦，
T.
f
我知道 我的未来不 是梦， 我 认真地过每一分钟， 我的未来不 是梦，
B.
f
我知道 我的未来不 是梦， 我 认真地过每一分钟， 我的未来不 是梦

90
S.
我的 心 跟着希望 在 动。 我的未来不 是梦， 我 认真地过每一 分 钟，
A.
我的 心 跟着希望 在 动。哦 我的未来不 是梦， 我 认真地过每一 分 钟，
T.
我的 心 跟着希望 在 动。哦 我的未来不 是梦， 我 认真地过每一 分 钟，
B.
我的 心 跟着希望 在 动。 我的未来不 是梦， 我 认真地过每一 分 钟，

97
S.
A.
T.
B.
ff
我的未来不 是梦， 我的 心 跟着希望 在 动， 跟着希望 在 动， 跟着希望 在 动，

105
S.
A.
T.
B.
rit.
跟着希望 在 动， 我们的 未来 不 是 梦。

共圆中国梦

（混声合唱）

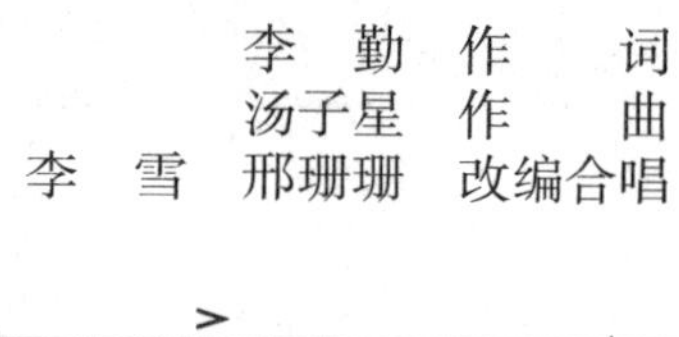
李 勤 作 词
汤子星 作 曲
李 雪 邢珊珊 改编合唱

♩= 90

Soprano / Alto / Tenor / Bass

啦 啦啦啦 啦 啦 啦 啦啦 啦 啦 啦 啦 啦 中 国 梦， 啦 啦啦啦 啦 啦

6

啦 啦啦 啦 啦 啦 啦 啦 啦 啦 啦 啦啦 啦

11

S.
五 千 年 的 黄 河 水 流 淌 着 一 个 梦， 河 两 岸 上的
一 百 年 的 路 悠 长 浩 荡 荡 染 雄 风， 勤 劳 勇 敢的

A.
1.五 千 年 的 黄 河 水 流 淌 着 一 个 梦， 河 两 岸 上的
2.一 百 年 的 路 悠 长 浩 荡 荡 染 雄 风， 勤 劳 勇 敢的

T. / B.
啦 啦

16
S.
五 色 土 长 出 了 梦 中 景。 啦啦 啦啦 啦 啦 啦啦
好 儿 女 耕 耘 着 梦 中 情。
A.
五 色 土 长 出 了 梦 中 景。 啦啦 啦啦 啦 啦 啦啦
好 儿 女 耕 耘 着 梦 中 情。
T.
啦啦 啦啦 啦啦 啦啦 啦啦啦啦啦 一 辈辈 的 薪 火相 传
千 万里 的 山 川秀 美
B.
啦啦 啦啦 啦啦 啦啦 啦啦啦啦啦 一 辈辈 的 薪 火相 传
千 万里 的 山 川秀 美
21
S.
啦啦 啦啦 啦啦啦 啦 啦 啦 啦啦 啦啦 啦啦 啦啦 啦啦 啦啦
A.
啦啦 啦啦 啦啦啦 啦 啦 啦 啦啦 啦啦 啦啦 啦啦 啦啦 啦啦
T.
不变的是 笑 容, 听 这滚 滚 春 潮 举 起澎湃 的
歌飞大地 长 空, 看 这缤 纷的 时 节 凝 聚共同 的
B.
不变的是 笑 容, 听 这滚 滚 春 潮 举 起澎湃 的
歌飞大地 长 空, 看 这缤 纷的 时 节 凝 聚共同 的
26
S.
啦啦啦 啦 啊 啊 国 家富 强, 民 族振 兴,
A.
啦啦啦 啦 啊 啊 国 家富 强, 民 族振 兴,
T.
心 声。 啊 啊 国 家富 强, 民 族振 兴,
心 声。
B.
心 声。 啊 啊 国 家富 强, 民 族振 兴,
心 声。

32
S.
A.
T.
B.
人民幸福，家家享太平。放飞希望，

38
1.
你和我都能出彩，咱用劳动和汗水，共圆中国梦。

44
2.
咱用劳动和汗水，共圆中国梦。

怀望·三山五园

（混声合唱）

（清）爱新觉罗·弘历 阿 蹦 作 词
阿 蹦 作 曲
阿 蹦 邢珊珊 改编合唱

18
S.
阔。
戏
A.
阔。
趵 突 竹影戏 清
T.
mp
听琴 静 卧 芙 蓉殿, 趵 突 竹影戏 清
B.
mp
听琴 静 卧 芙 蓉殿, 趵 突 竹影戏 清
Pno.
22
S.
清 波。
啊
A.
波。
晓春湖上舟易挪,
T.
波。
晓春湖上舟 易 挪,
B.
波。
湖 上舟易 挪,
Pno.
mf

25
S.
啊 天光 月明 逐 银河，万
A.
廊台层叠掩楼阁， 天 光 月 明逐 银河，
T.
廊台层叠掩楼 阁， 天光 月明 逐 银 河，
B.
廊 台掩楼 阁， 喔 万
Pno.
29
mf
S.
园 之园难 御 火。 选 胜 廓 精 蓝，
A.
难 御 火。 选 胜 廓 精 蓝，
T.
难 御 火。 选 胜 廓 精 蓝，
B.
园 之园难 御 火。 选 胜 廓 精 蓝，
Pno.
3

33
S.
延 禧 资 释 昙， 山 名
A.
延 禧 资 释 昙， 山 名
T.
延 禧 资 释 昙， 山 名
B.
延 禧 资 释 昙， 山 名
Pno.
36
S.
扬 万 寿， 峰 势 压 千 岚。
A.
扬 万 寿， 峰 势 压 千 岚。
T.
扬 万 寿， 峰 势 压 千 岚。
B.
扬 万 寿， 峰 势 压 千 岚。
Pno.

39
S.
A.
T.
B.
Pno.
啊……
啊……
啊……
啊……
mf
3
3
41
S.
A.
T.
B.
Pno.
啊……
啊……
啊……
啊……
3
3

43
S.
三 山 五 园 承 袭 百 年 回 忆， 回
A.
回
T.
三 山 五 园 承 袭 百 年 回 忆， 回
B.
Pno.
45
S.
忆 将 成 为 华 夏 纪 念。 深 秋 西 山 红 叶 多， 啊
晓 春 湖 上 舟 易 挪，
A.
忆 将 成 为 华 夏 纪 念。 深 秋 西 山 红 叶 多，
晓 春 湖 上 舟 易 挪，
T.
忆 将 成 为 华 夏 纪 念。 深 秋 西 山 红 叶 多， 啊
晓 春 湖 上 舟 易 挪，
B.
啊 红 叶 多，
舟 易 挪，
Pno.

49
S.
百 丈 峰 映 晴 雪 阔。啊 听 琴 静 卧
廊 台 层 叠 掩 楼 阁。天 光 月 明
A.
百 丈 峰 映 晴 雪 阔。听 琴 静 卧
廊 台 层 叠 掩 楼 阁。天 光 月 明
T.
百 丈 峰 映 晴 雪 阔。啊 听 琴 静 卧
廊 台 层 叠 掩 楼 阁。天 光 月 明
B.
晴 雪 阔。
掩 楼 阁。
Pno.
52
1.
S.
芙 蓉 殿, 趵 突 竹 影 戏 清 戏 清 波
波
A.
芙 蓉 殿, 趵 突 竹 影 戏 清 戏 清 波
波
T.
芙 蓉 殿, 趵 突 竹 影 戏 清 波
B.
芙 蓉 殿, 趵 突 竹 影 戏 清 波
Pno.
6
6

55
2.
S.
逐 银 河， 万 园 之 园 难 御 火。 从
A.
逐 银 河， 万 园 之 园 难 御 火。 从
T.
逐 银 河， 万 园 之 园 难 御 火。 从
B.
逐 银 河， 万 园 之 园 难 御 火。 从
Pno.
6
6
58
rit.
S.
上 个 百 年， 到 下 一 个 百 年。
A.
上 个 百 年， 到 下 一 个 百 年。
T.
上 个 百 年， 到 下 一 个 百 年。
B.
上 个 百 年， 到 下 一 个 百 年。
Pno.
ff

远古的碑

（混声合唱）

田丁 阿蹦 作词
阿蹦 作曲

6
S.
A.
T.
B.
Pno.
鸣 呐 呼 啦 啦，鸣 呐 呼 啦 啦，
鸣 呐 呼 啦 啦，鸣 呐 呼 啦 啦，
鸣 呐 呼 啦 啦，鸣 呐 呼 啦 啦，
9
啊 呀，
鸣 呐 呼 啦 啦，鸣 呐 呼 啦 拼 诺，鸣 呐 呼 啦 啦，
鸣 呐 呼 啦 啦，鸣 呐 呼 啦 拼 诺，鸣 呐 呼 啦 啦，
鸣 呐 呼 啦 啦，鸣 呐 呼 啦 拼 诺，鸣 呐 呼 啦 啦，

12
S.
A.
T.
B.
Pno.
An - cient Ta - blet!
呜 呐 呼 啦 啦， 呜 呐 呼 啦 啦， An - cient Ta - blet!
呜 呐 呼 啦 啦， 呜 呐 呼 啦 啦， An - cient Ta - blet!
呜 呐 呼 啦 啦， 呜 呐 呼 啦 啦， An - cient Ta - blet!
15
穿 过 了 那 片 丛 林， 发 现 一 古 老
穿 过 了 那 片 丛 林， 发 现 一 古 老

18
S.
A.
T.
B.
金 碧 辉 煌，已 陷 入 幽 远 沉
金 碧 辉 煌，已 陷 入 幽 远 沉
石 碑，
石 碑， 幽 远
Pno.
21
睡。 相 爱 的 两 个
睡， 沉 睡。 相 爱 的 两 个
陷 入 沉 睡，
沉 睡，

24
S.
灵 魂，
在 炽 热 烈 焰 中 交 汇。
A.
灵 魂，
在 炽 热 烈 焰 中 交 汇。
T.
Two souls who in love,
B.
Meet in fie - ry flames。
Pno.
27
S.
A.
坠 入 滔 滔 恒 河 水。
T.
缠 绵 悱 恻，
坠 入 滔 滔 恒 河 水。
B.
缠 绵 悱 恻，
坠 入
恒 河 水。
Pno.

30
Soli
S.
啊……
A.
T.
B.
呜 呐 呼，
呜 呐 呼，
Pno.
33
S.
Soli
A.
啊……
T.
B.
呜 呐 呼，
呜 呐 呼 啦 啦，
Pno.

35
S.
A.
T.
B.
Pno.
啊……
啊
呜 呐 呼，
呜 呐 呼，
呜 呐 呼，
38
1.
2.
啊……
啊
呜 呐 呼 啦 拼 诺！ An - cient Ta - blet！
呜 呐 呼 啦 拼 诺！ An - cient Ta - blet！

40
S.
凝 视 着面 前 你 的 泪 光， 带 你 到王 宫
A.
凝 视 着面 前 你 的 泪 光， 带 你 到王 宫
T.
喔 的 泪 光。
B.
喔 的 泪 光，
Pno.
43
S.
尽 情 徜 徉，我 们 的 分 离， 注 定 悲 伤。
A.
尽 情 徜 徉，我 们 的 分 离， 注 定 悲 伤。
T.
尽 情 徜 徉。 那 是
B.
尽 情 徜 徉。 那 是
Pno.

46
S.
绝 望!
A.
的 绝 望!
T.
千 年 轮 回 的 绝 望。
B.
千 年 轮 回 的 绝 望。
Pno.
49
S.
A.
嘿!
T.
嘿!
B.
Pno.

52
S.
啊……
A.
嘿！
嘿！
嘿！
T.
嘿！
嘿！
嘿！
B.
呜 呐 呼 啦 啦， 呜 呐 呼 啦 啦， 呜 呐 呼 啦 啦，
Pno.
55
S.
进 入 那 隐 秘
A.
An - cient Ta-blet!
T.
An - cient Ta-blet!
进 入 那 隐 秘 归 墟，
B.
呜！
呜 呐 呼 啦 啦， 呜 呐 呼 啦 啦，
Pno.

58
S.
A.
T.
B.
Pno.
归 墟，
进 入 那 隐 秘 归 墟，
找 寻 到 孔 雀
呜 呐 呼 啦 啦， 呜 呐 呼 啦 啦， 呜 呐 呼 啦 啦，
61
找 寻 到 孔 雀 王 朝，
找 寻 到 孔 雀 王 朝，
王 朝，
呜 呐 呼 啦 啦， 呜 呐 呼 啦 啦， 呜 呐 呼 啦 啦。

64
S.
千 年 未 曾 失 的 静 谧，魂 的 梦 境 已 被 惊
A.
千 年 未 曾 失 的 静 谧，魂 的 梦 境 已 被 惊
T.
千 年 的 静
B.
千 年 未 曾 失 的 静 谧 被 惊
Pno.
67
S.
扰。喔……
A.
扰。呜 呐 呼。呜 呐 呼。
T.
谧 啊！啊……
B.
扰。呜 呐 呼，呜 呐 呼，
Pno.

70
S.
A.
T.
B.
Pno.
喔……
呜 呐 呼。 呜 呐 呼。
带 着 面纱 轻 盈
呜 呐 呼， 呜 呐 呼。
喔……
73
喔……
摆 动 衣 裳， 埋 着 依依 不 舍 王 的 宝 藏。
喔

76
S.
凝视着面前你的泪光，带你到王宫
A.
凝视着面前你的泪光，带你到王宫
T.
喔
的泪光，
B.
喔
的泪光，
Pno.
79
S.
尽情徜徉，我们的爱情，注定疯狂，
A.
尽情徜徉，我们的爱情，注定疯狂，
T.
尽情徜徉，因为
B.
尽情徜徉，因为
Pno.

82
S.
那 是 神 秘 的 力 量!
A.
那 是 神 秘 的 力 量!
T.
那 是 神 秘 的 力 量!
B.
那 是 神 秘 的 力 量!
Pno.
85
Cadenza Freely
Echoes for Audience Optional
S.
吼 吼 吼
A.
吼 吼 吼
T.
吼 吼 吼
B.
吼 吼 吼
Pno.

88
S.
Ta - blet! 吼 吼 吼 吼
A.
Ta - blet! 吼 吼 吼 吼
T.
吼 吼 吼 吼
吼 吼 吼 吼 吼
B.
吼 吼 吼 吼
Ta - blet!
吼 吼 吼 吼 吼
Pno.
91
S.
吼 吼 吼 吼 吼
吼 吼 吼 吼 吼
A.
吼 吼 吼 吼 吼
吼 吼 吼 吼 吼
T.
吼 吼 吼 吼 吼
B.
吼 吼 吼 吼 吼
Pno.

94
S.
吼 吼 吼 吼 吼 吼 吼
A.
吼 吼 吼 吼 吼 吼 吼
T.
吼 吼 吼 吼 吼 吼 吼
吼 吼 吼 吼 吼 吼 吼 吼 吼
B.
吼 吼 吼 吼 吼 吼 吼
吼 吼 吼 吼 吼 吼 吼 吼 吼
Pno.
97
S.
吼 吼 吼 吼 吼 吼 吼 吼 吼
A.
吼 吼 吼 吼 吼 吼 吼 吼 吼
T.
呜 呐 呼 啦 啦， 呜 呐 呼 啦 啦，
B.
Pno.

100
S.
A.
呜 呐 呼 啦 啦，
T.
呜 呐 呼 啦 啦， 呜 呐 呼 啦 啦， 呜 呐 呼 啦 啦，
B.
Pno.
103
S.
A.
呜 呐 呼 啦 啦， 呜 呐 呼 啦 啦， 呜 呐 呼 啦 啦。
T.
呜 呐 呼 啦 啦， 呜 呐 呼 啦 啦， 呜 呐 呼 啦 啦。
B.
呜 呐 呼 啦 啦， 呜 呐 呼 啦 啦。
Pno.

106
S.
呜 呐 呼 啦 啦，呜 呐 呼 啦 啦，
A.
呜 呐 呼 啦 啦，呜 呐 呼 啦 啦，
T.
呜 呐 呼 啦 啦，呜 呐 呼 啦 啦，
B.
呜 呐 呼 啦 啦，呜 呐 呼 啦 啦，
Pno.
108
S.
呜 呐 呼 啦 啦，呜 呐 呼 啦 啦，呜 呐 呼 啦 啦，
A.
呜 呐 呼 啦 啦，呜 呐 呼 啦 啦，呜 呐 呼 啦 啦，
T.
呜 呐 呼 啦 啦，呜 呐 呼 啦 啦，呜 呐 呼 啦 啦，
B.
呜 呐 呼 啦 啦，呜 呐 呼 啦 啦，呜 呐 呼 啦 啦，
Pno.

111
S.
呜 呐 呼 啦 啦， 呜 呐 呼 啦 啦，
A.
呜 呐 呼 啦 啦， 呜 呐 呼 啦 啦，
T.
呜 呐 呼 啦 啦， 呜 呐 呼 啦 啦，
B.
呜 呐 呼 啦 啦， 呜 呐 呼 啦 啦，
Pno.
113
S.
呜 呐 呼 An - cient Ta - blet!
A.
呜 呐 呼 An - cient Ta - blet!
T.
呜 呐 呼 An - cient Ta - blet!
B.
呜 呐 呼 An - cient Ta - blet!
Pno.

115
S.
A.
T.
B.
blet!
blet!
Pno.
117
An - cient Ta - blet!
An - cient Ta - blet!
blet!
An - cient Ta - blet!
An - cient Ta - blet!

雨后湖亭看月

（混声合唱）

（清）爱新觉罗·胤禛　阿　蹦　作　词
阿　蹦　作　曲

9
S.
山 水 暂 淹 留， 翠 含
A.
山 水 暂 淹 留， 翠 含
T.
B.
Pno.
13
S.
宿 雨 千 竿 竹， 高 出
A.
宿 雨 千 竿 竹， 高 出
T.
B.
Pno.

17
S.
A.
T.
B.
Pno.
层 云 百 尺 楼。
层 云 百 尺 楼。
mp 湖 影
mp 湖 影
mp 湖 影
21
mp 啊 啊
远 浮 随 棹 月，
远 浮 随 棹 月，
远 浮 随 棹 月，
mp

24
S.
啊
A.
柳 塘 斜 系 钓 鱼
T.
柳 塘 斜 系 钓 鱼
B.
柳 塘 斜 系 钓 鱼
Pno.
27
S.
啊 啊
A.
舟， 坐 深 暑
T.
舟， 坐 深 暑
B.
舟， 坐 深 暑
Pno.

30
S.
A.
T.
B.
Pno.
啊
退 凡 情 爽， 一 片
退 凡 情 爽， 一 片
退 凡 情 爽， 一 片
33
清 光 入 镜 流。
清 光 入 镜 流。
清 光 入 镜 流。
清 光 入 镜 流。

36
S.
A.
T.
B.
Pno.
f 一 岁 岁， 一 年 年， 星 无
8va
39
迹。 一 朝 朝， 一 暮 暮， 月 无

43
S.
A.
T.
B.
痕。 一 生 生， 一 世
痕。 一 生 生， 一 世
痕。 一 生 生， 一 世
痕。 一 生 生， 一 世
Pno.
8va
46
世， 人 无 异。 离 久 矣， 归
世， 人 无 异。 离 久 矣， 归
世， 人 无 异。 离 久 矣， 归
世， 人 无 异。 离 久 矣， 归

50
S.
去
来
兮。
A.
去
来
兮。
T.
去
来
兮。
B.
去
来
兮。
8va
Pno.
53
S.
p
鄙
听
A.
p
鄙
听
T.
B.
Pno.
decresc.
p

57
S.
秦 声 却 楚 优， 每 于
A.
秦 声 却 楚 优， 每 于
T.
p 秦 声 楚 优。
B.
p 秦 声 楚 优。
Pno.
61
S.
山 水 暂 淹 留， 翠 含
A.
山 水 暂 淹 留， 翠 含
T.
山 水 淹 留。
B.
山 水 淹 留。
Pno.

65
S.
宿
雨
千
竿
竹，
A.
宿
雨
千
竿
竹，
T.
宿
雨
B.
宿
雨
Pno.
68
S.
高
出
层
云
百
尺
A.
高
出
层
云
百
尺
T.
千
竹。
百
尺
B.
千
竹。
百
尺
Pno.

71
D.S.
S.
A.
T.
B.
Pno.
楼。
楼。
楼。
楼。
mp
湖
影
mp
湖
影
mp
湖
影
73
S.
A.
T.
B.
Pno.
pp

一起向未来

（混声合唱）

王平久　作　词
常石磊　作　曲
邢珊珊　改编合唱

18
S.
ba ba ba ba la ba ba ba ba la ba ba ba ba la ly to
A.
ba ba ba ba la ba ba ba ba la ly to
T.
我 舞 晴 空 心 花 怒 放 表 白, f - ly to
B.
ba ba ba ba la ba ba ba ba la ba ba ba ba la ly to

22
S.
the sky 万 丈 彩 虹 一 重 重 盛 开。 我 们 都 需 要 爱, 大 家
A.
the sky 万 丈 彩 虹 一 重 重 盛 开。 我 们 都 需 要 爱, 大 家
T.1
the sky 万 丈 彩 虹 一 重 重 盛 开。 我 们 都 需 要 爱, 大 家
T.2
the sky 万 丈 彩 虹 一 重 重 盛 开。 我 们 都 需 要 爱,
B.
the sky 万 丈 彩 虹 一 重 重 盛 开。 我 们 都 需 要 爱,

28
S.
把手 都牵 起来， to - ge-ther for a share - d fu - ture 一 起 来，
A.
把手 都牵 起来， to - ge-ther for a share - d fu - ture 一 起 来，
T.1
把手 都牵 起来， to - ge-ther for a share - d fu - ture 一 起 来，
T.2
大家把手 都 牵起来， to-ge-ther for a share-d fu-ture 一
B.
大家把手 都 牵起来， to-ge-ther for a share-d fu-ture 一

32
S.
一 起 向 未 来， 我 们 都 拥 有爱， 来把
A.
啊 啊 我 们 都 拥 有爱， 来把
T.1
一 起 向 未 来， 我 们 都 拥 有爱， 来把
T.2
起 来， 一 起 向 未 来， 我们 都 拥 有爱，
B.
起 来， 一 起 向 未 来， 我们 都 拥 有爱，

36
S.
所 有 门 全 都 敞 开, to - ge-ther for a share - d fu -
A.
所 有 门 全 都 敞 开, to - ge-ther for a share - d fu -
T.1
所 有 门 全 都 敞 开, to - ge-ther for a share - d fu -
T.2
来 把 所 有 门 全 都 敞 开, to - ge-ther for a
B.
来 把 所 有 门 全 都 敞 开 , to - ge-ther for a

39
S.
- ture 一 起 来, to-ge-ther, 一 起 向 未来。 世 界 越 爱 越 精 彩,
A.
- ture 一 起 来, to-ge-ther, 一 起 向 未来。 世 界 越 爱 越 精 彩,
T.1
- ture 一 起 来, to-ge-ther, 一 起 向 未来。 ba ba ba ba la
T.2
share - d fu - ture 一 起 来 to - ge-ther, 一 起 向 未来。 ba ba ba ba la
B.
share - d fu - ture 一 起 来 to - ge-ther, 一 起 向 未来。 ba ba ba ba la

44
S.
雪 花 纷 飞 破 不 及 待 入 怀，f - ly to
A.
雪 花 纷 飞 破 不 及 待 入 怀，f - ly to
T.1
ba ba ba ba la ba ba ba ba la ba ba ba ba la ly to
T.2
ba ba ba ba la ba ba ba ba la ba ba ba ba la ly to
B.
ba ba ba ba la ba ba ba ba la ba ba ba ba la ly to

48
S.
the sky 天 地 洁 白 一 片 片 存 在，dv dv lv dv lv dv lv dv lv
A.
the sky 天 地 洁 白 一 片 片 存 在，片 片 存 在。dv dv lv dv lv dv lv dv lv
T.1
the sky 天 地 洁 白 一 片 片 存 在，未 来 越 爱 越 期 待，
T.2
the sky 天 地 洁 白 一 片 片 存 在，dv dv lv dv lv dv lv dv lv
B.
the sky 天 地 洁 白 一 片 片 存 在，片 片 存 在。未 来 越 爱 越 期 待，

52
S.
dv dv lv dv lv dv lv dv lv dv dv lv dv lv dv lv dv lv dv dv lv dv lv dv lv dv lv
A.
dv dv lv dv lv dv lv dv lv dv dv lv dv lv dv lv dv lv dv dv lv dv lv dv lv dv lv
T.1
我 舞 晴 空 心 花 怒 放 表 白， f -
T.2
dv dv lv dv lv dv lv dv lv dv dv lv dv lv dv lv dv lv dv dv lv dv lv dv lv dv lv
B.
我 舞 晴 空 心 花 怒 放 表 白， f -

55
S.
ly to the sky 万 丈 彩 虹 一 重 重 盛 开。 我 们 都 需 要 爱，
A.
ly to the sky 万 丈 彩 虹 一 重 重 盛 开。 我 们 都 需 要 爱，
T.1
ly to the sky 万 丈 彩 虹 一 重 重 盛 开。 我 们 都 需 要 爱，
T.2
ly to the sky 万 丈 彩 虹 一 重 重 盛 开。 我 们 都
B.
ly to the sky 万 丈 彩 虹 一 重 重 盛 开。 我 们 都

60
S.
大家 把手 都牵 起来, to - ge-ther for a share - d fu -
A.
大家 把手 都牵 起来, to - ge-ther for a share - d fu -
T.1
大家 把手 都牵 起来, to - ge-ther for a share - d fu -
T.2
需 要爱, 大家把手 都 牵 起来, to - ge-ther for a
B.
需 要爱, 大家把手 都 牵 起来, to - ge-ther for a

64
S.
- ture 一 起 来, 一 起 向 未 来, 我 们 都 拥 有爱,
A.
- ture 一 起 来, 啊 啊 我 们 都 拥 有爱,
T.1
- ture 一 起 来, 一 起 向 未 来, 我 们 都 拥 有爱,
T.2
share - d fu - ture 一 起 来, 一 起 向 未 来, 我 们 都
B.
share - d fu - ture 一 起 来, 一 起 向 未 来, 我 们 都

68
S.
来把 所有门全都 敞 开, to - ge-ther for a share - d fu -
A.
来把 所有门全都 敞 开, to - ge-ther for a share - d fu -
T.1
来把 所有门全都 敞 开, to - ge-ther for a share - d fu -
T.2
拥 有爱, 来把所有 门全 都敞 开, to - ge-ther for a
B.
拥 有爱, 来把所有 门全 都敞 开, to - ge-ther for a

72
S.
- ture 一 起 来, to-ge-ther, 一 起 向 未来。 我 们 都 需 要 爱,
A.
- ture 一 起 来, to-ge-ther, 一 起 向 未来。 我 们 都 需 要 爱,
T.1
- ture 一 起 来, to-ge-ther, 一 起 向 未来。 我 们 都 需 要 爱,
T.2
share - d fu - ture 一 起 来 to - ge-ther 一 起 向 未来。 我 们 都 需 要 爱,
B.
share - d fu - ture 一 起 来 to - ge-ther, 一 起 向 未来。 我 们 都 需 要 爱,

77
S.
大家 把手 都牵 起来， to - ge-ther for a share - d fu - ture 一 起 来，
A.
大家 把手 都牵 起来， to - ge-ther for a share - d fu - ture 一 起 来，
T.1
大家 把手 都牵 起来， to - ge-ther for a share - d fu - ture 一 起 来，
T.2
大家
B.
大家 把手 都牵 起来， to - ge-ther for a share - d fu - ture 一 起 来，
82
S.
一 起 向 未 来， 我 们 都 拥 有爱， 来把 所有门全都 敞 开，
A.
啊 啊 我 们 都 拥 有爱， 来把 所有门全都 敞 开，
T.
一 起 向 未 来， 我 们 都 拥 有爱， 来把 所有门全都 敞 开，
B.
啊 啊 我 们 都 拥有 爱， 来把 所有门全都 敞 开，
87
S.
to - ge-ther for a share - d fu - ture 一 起 来， to-ge-ther, 一 起 向 未来。
A.
to - ge-ther for a share - d fu - ture 一 起 来， to-ge-ther, 一 起 向 未来。
T.
to - ge-ther for a share - d fu - ture 一 起 来， to-ge-ther, 一 起 向 未来。
B.
to - ge-ther for a share - d fu - ture 一 起 来， to-ge-ther, 一 起 向 未来。

Live in the Music

（混声合唱）

邢珊珊　词　曲

北京青年合唱团成立15周年而作

11
S.
阳 光 斜 照 在 那 房 间， 我 最
烛 光 照 亮 在 我 心 田，
我 最
A.
阳 光 斜 照 在 那 房 间， 我 最
烛 光 照 亮 在 我 心 田， 我 最
T.
It 's sa–tur–day so hap–py hap–py
B.
It 's sa–tur–day so hap–py hap–py
It 's bir–th–day
Pno.
14
S.
喜 欢 的 那 一 刻， 排 成 排 和 你 肩 并 着 肩。 我 最
舞 台 上 永 远 青 春 的 脸。 我 最
心 喜 的 那 一 刻，
A.
喜 欢 的 那 一 刻， 排 成 排 和 你 肩 并 着 肩。 我 最
心 喜 的 那 一 刻， 舞 台 上 永 远 青 春 的 脸。 我 最
T.
啊
（念白：come on!）
B.
啊
（念白：come on）
Pno.

18
S.
幸福 的那 一天， 鸟儿 歌 唱在 我耳边， 我最
难忘 的那 一天， 风儿 追 逐你 的船帆， 我最
A.
幸福 的那 一天， 鸟儿 歌 唱在 我耳边， 我最
难忘 的那 一天， 风儿 追 逐你 的船帆， 我最
T.
啦 啦 啦 啦 啦 啦 啦 啦 啦 啦 啦 啦
B.
啦 啦 啦 啦 啦 啦 啦 啦 啦 啦 啦 啦
Pno.
22
S.
感动 的那 一刻， 总是 有 你 在 身 边。
自豪 的那 一刻， 就是 有 你 在 身 边。
A.
感动 的那 一刻， 总是 有 你 在 身 边。
自豪 的那 一刻， 就是 有 你 在 身 边。
T.
啦 啦 啦 啦 啦 啦 有 你 在 身 边。
B.
啦 啦 啦 啦 啦 啦 有 你 在 身 边 有你在 你
Pno.

26
S.
我们在这里相遇，相识，我们相
A.
我们在这里相遇，相识，我们相
T.
我们在这里相遇，相识，我们相
B.
边。我们在这里相遇，相识，我们相
Pno.
30
S.
信，彼此成就而成就彼此，
A.
信相信，成就而成就彼此，
T.
信，彼此成就而成就彼此，
B.
信相信，彼此成就而成就彼此，
Pno.

34
S.
我们在这里相聚，相知，我们相
A.
我们在这里相聚，相知，我们相
T.
我们在这里相聚，相知，我们相
B.
我们在这里相聚，相知，我们相
Pno.
38
S.
信，li-ve in the mu - si-c
1.
开心每一天。
A.
信相信，in the mu - si-c in the mu-si-c
开心每一天。
T.
信，li-ve in the mu - sic-li-ve in the mu - si-c
开心每一天。
B.
信相信，in the mu-si-c
开心每一天。
Pno.

43
2.
meno mosso
S.
A.
T.
B.
Pno.
Li ve
精彩每一天。
美妙旋律 令人
48
心旷神往，
动感节奏 让我
逆风飞扬，
声部之间 从不

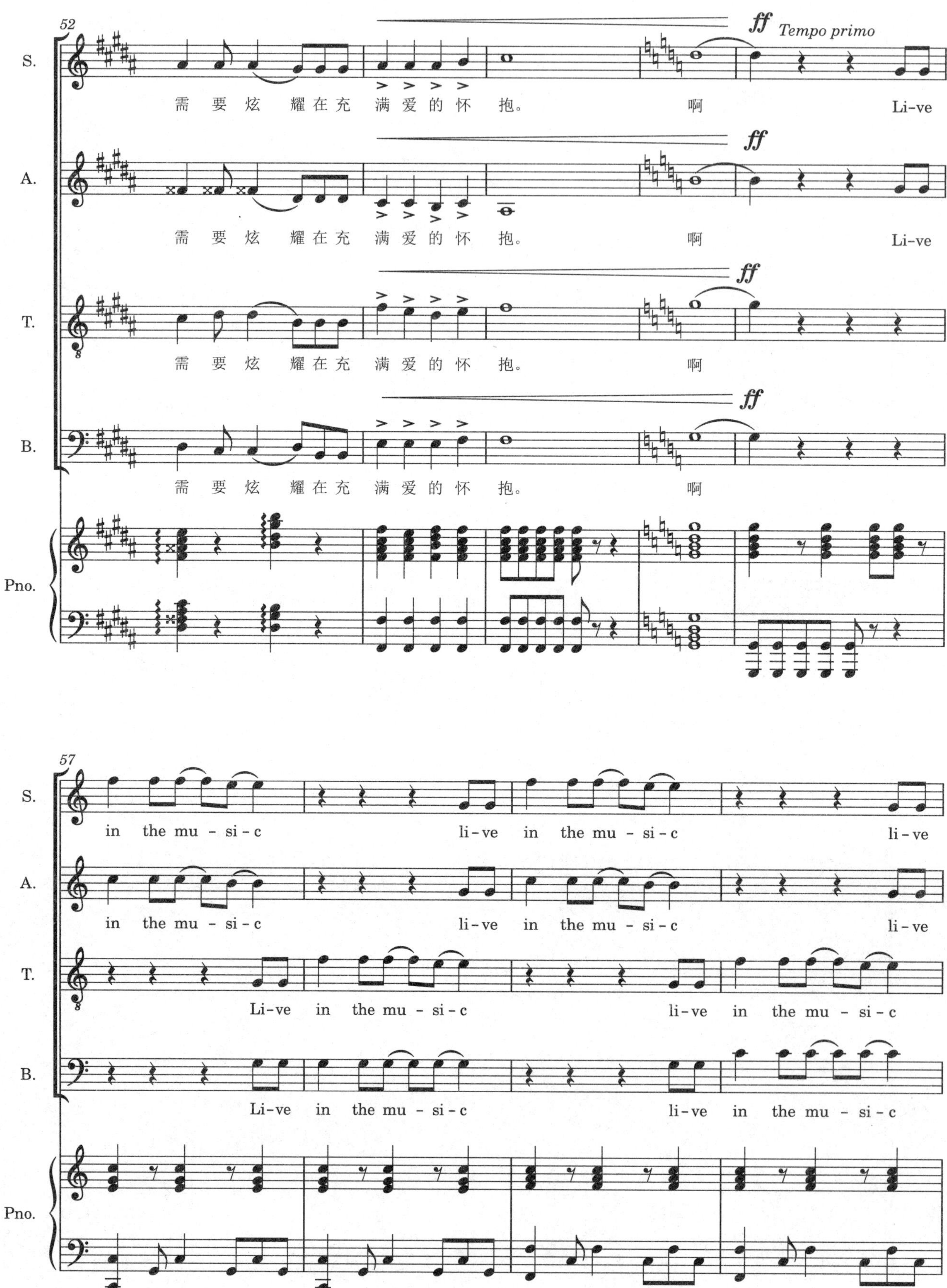
52
S.
A.
T.
B.
Pno.
ff
Tempo primo
需 要 炫 耀 在 充 满 爱 的 怀 抱。
啊
Li-ve
57
in the mu - si - c
li - ve in the mu - si - c
li - ve
Li - ve in the mu - si - c
li - ve in the mu - si - c

61
S.
in the mu - si - c
li - ve in the mu - si - c
就在
A.
in the mu - si - c
li - ve in the mu - si - c
就在
T.
li - ve in the mu - si - c
li - ve in the mu - si - c
B.
li - ve in the mu - si - c
li - ve
Pno.
65
S.
北 青 合 唱 团,
我爱
A.
北 青 合 唱 团,
我爱
T.
li - ve in the mu - si - c
li - ve in the mu - si - c
B.
in the mu - si - c
li - ve in the mu - si - c
in the mu - si - c
Pno.

69
S.
北 青 合 唱 团 ci-ty 好 ci-ty 啊！
A.
北 青 合 唱 团 ci-ty 好 ci-ty 啊！
T.
北 青 合 唱 团 ci-ty 好 ci-ty 啊！
B.
北 青 合 唱 团 ci-ty 好 ci-ty 啊！
Pno.